아버지의 저녁

아버지의 저녁

초판 1쇄인쇄 2019년 3월 2일
초판 1쇄발행 2019년 3월 5일

저 자 김웅기
발행인 박지연
발행처 도서출판 도화
등 록 2013년 11월 19일 제2013－000124호
주 소 서울시 송파구 중대로34길 9－3
전 화 02) 3012－1030
팩 스 02) 3012－1031
전자우편 dohwa1030@daum.net
인 쇄 (주)현문
ISBN | 979－11－86644－81－2*03810
정가 13,000원

도화道化, fool는

고정적인 질서에 대한 익살맞은 비판자,
고정화된 사고의 틀을 해체한다는 뜻입니다.

아버지의 저녁

김웅기 소설집

도화

차 례

작가의 말

그림자

인생 칠십에 내 삶의 그림자를 하나 만든다. 그게 나의 책이다.

잘난 사람들 틈에서 빛을 보기에는 어려움이 참 많았다. 교실 맨 뒷자리에 앉아 몽당연필로 칠판 글씨를 받아쓰는 코 흘리게 수준이 나였다. 꼴찌로 앉아 있어도 그래도 나는 소설가다.

어떤 작가들은 일 년에 몇 권도 내지만 나는 칠순이 지나서야 겨우 한권의 소설집을 세상에 내놓는다. 부끄럽다. 그러나 열매를 맺게 하는 나무의 뿌리처럼 나는 늘 뿌리 근방에서 서성거리며 살았다. 그러면서도 어둠 속에서 빛을 그리워했다.

나는 살아가는 방법이 서툴러서 생존경쟁에 시달려야했고 그러다 보니 나이 들어서 이제 겨우 소설가가 되었다. 자식들 다 출가시키고 시골에 내려가 뒤늦게 그림을 배우면서 많은 것을 깨달았다. 빛과 그림자는 무엇이 있어야 동시에 공존한다는 것을.

나는 외롭고 쓸쓸하게 살았지만 하나의 무엇이었다. 내가 쓴 소설이 세상에서 빛을 만들지는 못해도 작은 그림자 역할은 할 수 있었으면 좋겠다.

그 그림자로 살아가는 데 힘이 되어주고 있는 내 아들 종홍이 종재, 고맙다. 언제까지나 함께하고 싶었는데 출간의 기쁨을 나누지 못하고 먼저 간 내 친구 정연호, 하늘나라에서라도 이 기쁨을 함께 할 수 있었으면 좋겠다. 그리고 늘 내 곁을 지켜준 죽마고우 최석근과 이대석에게도 고마운 마음을 전한다.

이천십구년 봄날

소설가 김웅기

아버지의 저녁

아버지의 저녁

김용기

어제 도착한 포도 상자를 열었다. 하얀 종이에 싸여 있는 포도송이 한 뭉치가 유난히 두툼하게 보였다. 아무런 생각 없이 포도송이를 집어 들었다. 물컹했다. 나는 얼른 포도송이를 놓고 한 발 뒤로 물러섰다. 아무리 생각해봐도 생물체 같은 느낌이었다. 하도 이상해서 면장갑을 다시 끼고 커트칼날로 포장지를 조심스레 찢어 나가는데 어! 뱀의 대가리가 내 얼굴을 향해 불쑥 치솟았다. 살모사였다. 하마터면 얼굴을 물릴 뻔했다. 뱀은 칼날에 살갗이 긁혔는지 끔틀끔틀거리면서 혓바닥을 낼름거렸다.

여차하면 공격해 올 태세였다. 도대체 누구의 짓거리인지 알 수 없었다. 외국에서 어제 도착한 것이었고 비닐 포장을 덮어 놓았는데 누군가 나보다 일찍 나와서 감쪽같이 위장해 놓았던 모양이다. 내가 외국산 포도를 수입한다는 이유 때문에 주위 사람들이 나를 적대시 한다는 걸 알고 있었지만 징그러운 뱀 따위를 가지고 장난까지 칠 줄은 몰랐다. 나는 다른 상자를 열어 볼 엄두도 내지 못하고 담배를 피우며 주위를 둘러보았다. 온통 아수라장이었다. 가락시장 사람들은 일제히 검은 상복차림을 하고 있었고 머리에 붉은 띠까지 동여매고 있어서 소름이 끼칠 정도였다. 거대한 무리를 이루고 있던 군중들이었다. 꽹과리가 울리고

징 소리가 울려퍼졌다. 나의
바로 옆 가게 박 씨도 마
찬가지로 어깨 띠까지 걸치
고 설쳐대다가 나랑 눈빛이
딱 마주쳤다. 수상쩍었다. 모
도 상자에 뱀 따위로 장난
을 칠만한 인물은 박 씨밖
에 없을 것 같았으나 물증
이 없었다. 이른 아침부터
가락시장 사람들은 수입 농
산물 반대운동을 하겠다면서
몇며칠 전부터 야단법석을
떨었다. 어디서든지 앞장서기
를 좋아하는 정노인은 아까
부터 추임새까지 넣어가며
꽹과리를 두드려댔다. 귀 고
막이 터질 것 같았다. 어제
밤 아홉시 뉴스에 외국 농
산물 반대운동을 추진하는
시위대들이 국회의사당을 점
거하고 농성을 벌이겠다며
예고까지 했었다. 다른 것은
몰라도 우리 후손들이 벼

농사 짓는 것까지 잊어먹게 해서는 안 된다는 것이 그들의 주장이었다. 얼핏 생각하면 그들의 주장이 옳게도 들린다. 수입개방을 마냥 하게되면 나중에는 죽으나 사나 외국산 쌀에만 의지해야 하고 그러다가 식량전쟁이라도 해오면 후손들은 꼼짝없이 낭패를 보게 된다는 것이다. 당시 한국과 FTA를 체결한 국가는 미국을 비롯하여 칠레 싱가포르 동남아시아국가연합 등 여러나라였고, 실제로 수입보다 수출이 많았기 때문에 전체적 이익이 발생했음에도 단순히 농수산물의 피해가 크다며 수입 반대운동을 하였던 것이다. 내가 외국산 포도 수입업자라는 것 때문에 그들에게는 눈에 가시였을지도 몰랐다. 단순하게 본다면 농민들에게는 피해가 클 수밖에 없었다. 그래서 수입 업자로서 미안해 죽을지경이었는데 며칠 전에 박 씨가 기어이 한마디 일침을 가했다.

"어이, 노씨도 포도 수입 좀 고마해라. 씨발 솔직하게 말해서 백성들한테 농약 덩어리 멕이는 것밖에…."

박 씨는 나의 옆 가게였고 수박 도매상이었다. 눈만 뜨면 얼굴을 맞대는 사이였지만 우리는 상생이 아니라 상극이었다. 나보다 네 살이나 많은 박 씨는 걸핏하면 외국산 수입품을 중단하라며 구박을 했었다. 나는 구박을 받을 때마다 못 들은 척했다. 그는 항상 갑질을 해댔고 나는 을이 아닌데도 이상하게 을처럼 주눅이 들어 있었다. 데모 군중들의 발이 빨라졌다. 끼리끼리 조 편성을 마친 시위대들은 화물차에 올라타고 있었고 주변의 군중들은 빨리빨리 움직여 줄 것을 제촉하고 있었다. 나도 마음이 급해졌다. 살모사를 그냥 내버려 둘 수 없어서 빈 박스에 뱀을 강제로 몰아넣고 안전하게 테이프를 붙였다. 세상이 아무리 험악하기로서니 어찌하여 사람 잡는 용도로 무시무시한 살모사까지 동원할 생각을 했을까? 나는 긴 한숨을 내쉬었다. 굽혔던 허리를 펴는데 핸드폰이 진저리 치면서 떨어댔다. 고향의 어머니 전화였다.

"세구야, 니는 우째 자식이 되가지고 요새는 전화도 한 통 안하노?"

"왜요, 집에 무슨 일이라도 있니껴?"

나는 무뚝뚝하게 말해놓고

어머니의 대답을 기다렸다.

"세구야 내가 하는 말 고깝게 듣지 말고 잘 새겨 들어라. 내가 이런 말 안 할라캤는데 안하고는 배길 수가 없어서 한다. 요새 너 아부지가 정신이 나가는동 자꾸 헛소리를 해댔쌌는다. 왜 그러는동 나를 무신 호랭이라카면서 짐승 보듯께 하면서 눈에는 독기를 뿜어대는 통에 내가 고마 솔바 못 살따."

어머니의 볼멘 목소리였다. 평상시에는 말수도 적었고 소심하기 그지 없었다. 텔레비전에서 건강프로를 보다가 민들레가 몸에 좋다고 하면 민들레 즙을 짜서 보내주었고 개똥쑥이 좋다고 하면 어김없이 개똥쑥 엑기스를 만들어서 서울로 보내 주기도 하였다. 내 소식이 궁금

하여도 전화 요금이 무섭다
며 수화기 자체를 들지 않
았던 어머니였다. 당신 혼자
고민을 하다가 아주 큰 마
음을 먹고 전화를 걸었을
것이 뻔했다. 나는 망설일
것도 없이 대답했다.
"알았니더, 지금 갈게요."
고향으로 내려간다는 말은
해놓고도 어머니의 말씀에서
'됐다. 오지 마라. 안 와도 된
다.'라고 말씀하실 줄 알았
는데 이미 전화를 끊은 모
양이었다. 여보세요 여보세요
몇차례 말을 걸어 보았지만
대답이 없었다. 전화 비용이
아까워서 먼저 끊어버린 저
였고 오죽 답답하고 급했으
면 당신 스스로 전화를 다
했을까 싶었다. 어머니 말씀
중에서 '내가 졸바 못 살
때.'란 넋두리 안에서 어머
니의 모든 근심과 걱정꺼리

가 어머니 가슴에 주렁주렁 매달려 못 살게 구는 그림이 그려졌다. 불만이 차곡차곡 쌓였던 것이고 당신 혼자서 삭히고 참아야 할 단계가 넘었던 것이 분명했다. 아니 자식인 나에게 단 한마디라도 퍼붓고 싶었던 모양이었다. 어머니의 깊은 심정을 이해하고 나서 마음은 더욱 조급해졌다.

나는 포도 상자를 팽개쳐놓고 서둘러 차를 몰기로 했다. 차 시동을 걸면서 마음은 복잡했다. 고향으로 내려가는 동안 어머니는 어머니대로 살모사는 살모사대로 몹시 신경이 쓰였다. 박 씨는 또 내가 가게를 비워놓은 동안에 또 무슨 장난을 쳐놓을지도 몰랐다. 온통 가슴이 벅차있는데 시골에서 국회를 장악하겠다며 선포를 했던 농민들은 트랙터까지 몰고 올라오면서 빵빵거렸다. 상경하는 차량은 개미떼들의 행진 같았고 너·나 할것 없이 경적을 울리는 바람에 온 국토에 벌 집을 쑤셔놓은 듯했다. 어쩌면 어머니의 심기에도 벌집을 건드린 것처럼 심리적으로 탈이 나도 단단히 났을지도 몰랐다. 생전에 누구를 원망하지도 않았고 그렇다고 타인의 잘못을 알고도 탓하거나 나서지도 않았던 분이었다. 지나간 구정 때도 아버지 나이 육십 아홉이라며 아홉수를 잘 넘길까는 혼자 걱정하며 속말로 했었다. 그런데 아버지가 어머니를 못 살게 한다며 일러바치는 모습은 뜻밖이었다. 이런저런 고민들을 하면서 운전을 했는데 어느새 고향이 코 앞이었다. 평소에는 두 시간 거리였으나 시위대들의 무질서한 난동으로 시간을 빼앗겼다. 네 시간이나 걸려서 도착했다. 마을회관 앞에 차를 세워 놓고 내렸다. 정자 옆에 육백 년의 수령을 자랑하던 두 그루의 느티나무 중 한 그루가 누렇게 잎이 말라가고 있었다. 이상한 징조였다. 앞산 솔 수펑에도 그 많았던 왜가리들이 어디로 사라졌는지 단 한 마리도 보이지 않았다. 그것도 이상한 징후였다. 왜가리들이 마을을 지키다가 둥지를 떠나면 마을에 변고가 생긴다는 설이 있었다. 웬지 모르게 불길한 생각이 스치고 지나갔다. 마을 사람들도 모두 시위하러 서울로 올라가서 그런지 동네는 쥐 죽은 듯 조용하기만 했다. 좁은 골목길을 걸었다.

집이 코 앞에 나타나면서 커다란 웅덩이가 보였고 위험스러워 보였다. 지난 장마에 움푹 패여 달아난 웅덩이를 아직도 고치지 않은걸로 보아서 아버지 심정이나 신상에 단단히 탈이 났음을 말해주고 있었다. 패인 웅덩이를 빙 돌아서 마당으로 들어섰다. 아버지가 툇마루에 앉아있었는데 기둥에 기대었는데도 등은 구부정하게 굽어 있었다. 발가락을 만지작거리는 모양이었다. 아버지의 누님인 고모가 감자 껍질을 벗기고 있었다. 어머니가 감자를 삶아서 내 놓은 모양이었다. 아버지도 고모도 나를 보고도 모르는 모양이었다. 나는 처마 쪽으로 바싹 다가가면서 큼큼 잔 기침을 해댔다. 어머니가 부엌에서 일을 하다가 바깥을 내다보다가 나랑 눈이 딱 마주쳤다.

"하이고 우리 세구 니리왔나. 차가 안 매키드나 우째 이리 번개그치 왔노?"

네 시간이나 걸렸음에도 어머니는 자식 반가움에 일찍 내려왔다는 표현을 했고 내 이름이 세켜인데도 발음이 잘 되지 않아서 매번 세구라고 불렀다. 흰 고무신을 한 쪽은 꿰차고 한 쪽에는 질질 끌면서 마당으로 내려와 내 손을 덥석 잡았다. 어머니 손이 거칠고 뻣뻣했다. 내가 막 툇마루로 올라서는데 고모가 어머니에게로 빈정거리는 투로 말을 걸었다.

"가아가 누구로 누군데 그리키 방가와하노?"

"하이고 성님 보래 서울에 사는 우리 아들이지 누구래

요. 하이고 시상에 인제는 성님도 큰일났네, 서울에 우리 아들인데 달부 몰라보는 모양일세."

어머니가 고모에게 말대꾸하는 동안 나는 뒷마루로 올라섰다. 먼저 아버지에게 큰절을 올리고 곧바로 고모에게도 절을 했으나 눈이 어두어서였는지 나의 움직임을 헤아리지 못했다. 어머니가 다시 말을 걸었다.

"하이고 성님보래 조카가 절 하는데 절 안받고 뭐하니껴?"

어머니가 고모에게 다그치자 그때서야 나를 알아보고 내 손을 냉큼 잡았다. 고모 손 역시 거칠었고 쭈글쭈글했다. 어머니에게 절을 하려 했으나 아예 거절했고 아버지가 걱정이라며 혼자 중얼거렸다. 정말로 아버지는 나의 절을 받고도 아무런 반응이 없었다. 눈동자가 퀭하고 병색이 완연해 보였다. 정말로 나를 몰라보는 것 같기도 하고 알고도 모르는 척하는 거 같기도 했다. 얼핏 보면 단단히 화가 난 사람의 표정 같기도 했다. 정신줄이 끊어진 거 같았다.

세상 사람들이 다 병들어 죽는다 해도 내 아버지 만큼은 죽지 않으리라 생각했었다. 꿈쩍도 하지 않는 바위 같다고 생각했고 녹도 슬지 않는 강철이라고 생각했었다. 그런데 아니었다. 작년만 해도 경운기를 몰고 다녔다. 쟁골 포도밭 이천 평에다가 벼농사 오백 평까지 너끈하게 지으셨다. 그런데 몇 개월 사이에 외양이 말이 아니었다. 허리는 꼬부라져있고 말도 못하는 사람처럼 입을 굳게 다물고 있었다. 어렸을 적에 내가 본 아버지의 모습은 정말로 무쇠강철이었다. 날이 희부옇한 새벽이 오면 벌써 일어나셨다. 어머니보다 일찍 잠에서 깨어났고, 동네에서도 가장 먼저 움직이셨다. 논물 보러 가면서도 빈 지게를 짊어지고 갔다가 돌아올 때는 어김없이 청솔가지라도 한 짐 짊어지고 돌아오곤 했었다. 그랬던 분이 이제는 아무것도 하지 않겠다고 시위라도 하겠다는 듯 일손을 놓은 것이다. 멀리 산천을 바라보는 것 밖에는 아무 할 일이 없는 사람처럼 하염없이 바라보고 있었다.

"꼬리는 우째고 니 혼자 니러 왔노?"

어머니가 내게 말을 걸었다. 꼬리는 당신 손자들을 말하는 표현이었다. 고모가 어머니 말 끝에 받아쳤다.
"요새 젊은 이들은 시아바이가 자빠진다캐도 메누리가 돼가지고 눈도 깜짝 안 한다카이. 시상이 우째 될라꼬 우리집 메누리도 생전에 들따보지도 않는다카이."
고모가 나 들으라고 일부러 번정거렸다. 이럴 줄 알았으면 학교 다니지 않는 막내라도 데리고 올 걸 그랬다. 고모에게도 미안스러웠다. 내가 어렸을 적이었다. 고모가 우리집에 자주 왔었고, 오기만 하면 내가 귀엽다고 업어주곤 했었다. 그런데 고모는 머리를 감지 않아서 냄새가 코를 찔렀고, 나는 냄새를 맡지 않으려고 등에 납작 엎드려서 꽁지를 빼면 고모가 내 팬티 안으로 손가락을 넣어 내 고추를 만지작거렸다. 내가 엉덩이를 들썩거렸다. 그러면 고모가 고개를 반쯤 뒤로 젖히고 아빠가 좋으냐 엄마가 좋으냐? 내게 물었다. 얼떨결에 나는 고모가 좋다고 엉뚱한 대답을 했었다. 고모는 내 꾀가 말짱하다며 손 깍지를 낀채로 내 엉덩이를 덩실덩실 추스리곤 했다. 그토록 내가 귀여워서 어쩔 줄 몰라 했던 고모 역시 눈동자는 희미하고 얼굴은 쭈글쭈글해서 무 말랭이처럼 매말라 있었다. 그래도 정신은 말짱한지 내 옆구리 쪽을 쿡 찌르더니 작은 목소리로 말했다.

"너 아부지가 요즘 헛소리를 하고 정신이 없다."

따지고 보면 아버지의 누님이었기 때문에 내게 비밀스레 알려주었고, 알리고자 했던 의도는 빨리 병원으로 데리고 가보라는 깊은 뜻이 숨어 있었다. 그러고는 한숨을 내 쉬었다. 그러더니 고모는 찐 감자 소쿠리를 손등으로 툭 밀쳤다. 양 손으로 무릎을 짚어가며 몸을 배배 꼬면서 일어섰다. 아주 무거운 등짐을 지고 억지로 일어나는 형국이었다.

"아이고 허리야 이제 고만 죽었으면 좋을따만 왜 이르키 안 죽는동 몰따. 이 집에 새 주인이 왔으이 내사 고마 갈란다."

고모는 꼬부장한 허리에 양 손을 얹고 옛날 디딜방앗간이 있던 샛길로 사라지고 있었다. 꼭 구렁이 담 넘어가듯 했는데 어머니가 한마디 했다.

"하이고 뭐할라꼬 저르키 빨리 가는동 몰시, 오랜만에 조카도 니리왔고 진드기 앉왔다가 한술 뜨고 가면 고마 저녁 떼우지 발정 난 짐승맹크로 우째 저리 들락거리는동 몰래."

고모가 이미 저만큼 등을 돌리고 간 다음이었다. 그러나 내가 듣기에는 민망스러웠다. 내가 듣다가 못해 한마디 했다.

"어머니 고모한테 왜 그렇게 말씀하세요?"

어머니가 내 옆구리를 쿡 찌르며 속내를 털어 놓았다.

"하이고 니 고모가 요새 잔뜩 골이 나 있다 왜, 대구에 사는 아들과 메누리들이 들따보도 않아서 하마 언제부터 성정이 나있고, 저그 가면 일부러 저녁도 안 먹고 그냥 잔다. 그러면 내가 또 한 사발 싸가지고 가서 저녁을 차려준다. 에이고 대구가 뭐 멀다꼬 좀 들여다

보지, 딸이고 아들이고 우째 한 놈도 얼굴을 못 볼따. 옛 말에 남편 복이 없으면 자식 복도 없다카더니 그 말이 아주 딱 맞다. 고모가 내색을 하지 않아서 글치 자식 원망이 이만저만이 아이따. 그런데다가 너 아부지가 저래 아파서 꼼짝도 못하고 들어 앉아 있으이께네 하루에 열 두번도 더 오긴 와도 인상 펼 날 없따. 가면 보면 딱해 죽을지경인데 내 고가 석잔데 무슨수로 고모까지 건사하겠노. 에이고 이제는 나도 몰따."

고모는 집으로 돌아갔어도 온갖 푸념을 길게 털어놓았다. 불평이기는 하지만 푸념 속에는 두터운 정분의 끈끈함도 묻어 있었다. 이제 보면 나 들으라고 고모 자식들에게 핀잔을 퍼부었는지도 모른다. 어머니의 한탄을 듣고 나니 고모가 코고무신을 질질 끌면서 방앗간 모퉁이를 돌아가던 모습이 새롭게 떠올랐다. 한 번 마음을 다잡아 먹으면 누구도 감당 못하는 아버지 성격과 꼭 닮아 있었다.

아주 옛날 유신시절의 이야기라고 했다. 경상북도 영주, 봉화, 울진 지역을 선택하고 정부에서 미국산 개량 감자를 시험재배 하기로 했던 것이다. 그런데 일이 잘못되려고 그랬는지 감자 씨가 정상으로 나오지 않았던 것이다. 가뭄에 콩 나듯 드문드문 났으니 갈아엎을 수도 없고 다른 곡식을 갈 수도 없게 된 것이다. 결국은 그 아까운 토지를 한 해 묵히는 꼴이 되고 말았던 것이다. 농민들은 냉해가 이 먼저 먼이 아니었던 것이다. 화딱지가 난 농민들이 비밀리에 모여서 폐농에 대한 책임을 정부에 대고 항의를 했던 것이다. 시대가 시대인지라 도리어 시위자들을 쥐도 새도 모르게 연행해갔다. 대표로 천주교 오원춘 신부가 가담했다는 이유로 연행 되었고 일부 농민들 중에 고모부와 아버지가 끌려가서 감옥살이를 했는데 말도 못하는 생매를 맞았던 것이다. 달포 동안이나 구속 되었다가 나왔는데 고모부는 나오자마자 그 길로 죽었고 아버지 혼자 살아남았던 것이다. 아버지는 자신의 삶을 비관하면서 당신도 죽으려고 자해까지 했으나 실패로 거듭했던 것이다. 그 당시 아버지는 몸만 상했던 것이다. 비참했던 옥살이 덕분에 고모만

홀로 된 동기였고 아버지에게 의지하며 세월을 보냈던 것이다. 고모와 아버지는 참 많이도 닮아있었다.

나는 아버지 어깨를 주무르며 사방을 둘러보았다. 처마 끝에 알록달록한 강냉이 씨앗이 매달려 있고, 감나무 밑으로는 닭들이 홰를 치며 놀고 있었다. 무척이나 자유로워 보였다. 수탉 한 마리가 여러마리의 암컷을 차지하고 있었다. 수탉이 암컷에게 모이를 쪼아주면서 수작을 걸었고 암컷은 의례 쪼아주는 먹이를 받아먹었다. 아주 잠깐의 틈을 타서 수컷은 암컷 등에 올라탔다. 암컷은 죽는 시늉을 하면서도 태연하게 받아들이는 진기한 풍경이었다. 그 사이에 둥지에 앉아있던 암컷 한 마리는 알을 낳았다는 신호로 꼬꼬댁 꼬꼬 소리를 지르며 여러 마리의 무리 속으로 스며 들었다. 사람이나 짐승이나 짝이 있어야 대를 잇고, 세상 모든 만물의 이치 또한 암수로 되어 있음을 다시 한 번 깨달았다. 소 마구간이 있던 추녀 밑에는 아버지가 논 밭을 갈아엎던 쟁기가 녹이 슨 채로 세월을 보내고 있었다. 나무 벽 사이로 걸려 있는 낫과 호미들도 주인을 잃은 채 마냥 세월을 보내는 듯했다. 아버지의 역사가 살아 움직이다가 모든 에너지를 잃어버리고 정지 상태로 돌안 느낌이었다. 하찮은 농기구들이지만 주인이 퇴각 됨으로써 농기구 역시 정물의 시간임을 보았다. 어머니가 부엌으로 들어가면서 말했다.

"하이고 요새는 나도 정

신이 깜빡깜빡 한다. 아까부터 밥상 채리다가 너 고모가 가는 바람에 된장을 올려놓고 고마 깜빡 잊아뿌랐다. 니리오니라꼬 배가 마이 고플낀데 된장 다 탄거 아인동 몰따. 쪼매만 기달려래이 나물만 까나 무치면 된다. 얼른 채려주꾸마."

어머니는 무슨 말을 하여도 맨 앞에는 하이고 라는 감탄사를 먼저 해야 문장이 되었다. 어렸을 때부터 들었던 어머니 만의 특유한 사투리가 오히려 푸근하게 들렸다. 나는 원래 쌍둥이로 태어났었다. 지금은 죽고 없지만 15분 먼저 태어난 형은 선천성 소아마비였다. 형하고 반찬 싸움을 자주하곤 했는데 그럴 때마다 어머니가 개입을 했다.

"세구야, 너는 형한테 양

보 좀 하지 왜 그 꼭 형한테 덤벼들면 싸우기만 하고 난리를 치나."

말은 그렇게 하고서는 내 옷소매를 잡아 당기며 눈을 찡긋한다. 한쪽 구석으로 몰아넣고 다시 타이른다.

"형은 몸이 성하지 않으니 니가 뭐든지 양보를 좀 해라 세구야, 이 사탕은 형 보는 앞에서 먹지 말고 몰래 먹어라."

그러면서 다시 눈을 찡긋했다. 나 혼자만 주는 눈깔사탕이라며 눈을 찡긋했지만 나중에 보면 형에게도 똑같은 눈깔사탕이 지급되었음을 알았고, 나는 뒤늦게 어머니가 실망스럽기도 했다. 그러나 곰곰히 생각해보면 공평한 분배였고 형이나 나나 똑같이 사랑하고 있음을 깨달았다. 그렇게 눈 속임은

먹이고 키우던 어머니도 이제보니 참 많이도 늙어 있었다. 어떻게 보면 불쌍하면서도 가여웠다. 어머니 말마따나 쪼매만 기달렸는데 밥상이 뚝딱 차려져 나왔다. 묵은 나물을 무치고 더덕구이를 했고 두부 넣은 된장찌개였는데 먹음직스러웠다. 반찬을 내 앞으로 바싹 바싹 붙여주면서 먹을게 별로 없다고 말씀하셨다. 그러다가 부엌으로 들어가면서 아내와 아이들이 잘 있는지 안부를 물어왔다. 잠깐 사이에 감자볶음이 하나 더 추가로 상위에 올라왔다. 어머니가 나를 키워오면서 수없이 많은 횟수에 걸쳐서 반찬을 가까이 챙겨주면서 물끄러미 내 얼굴을 응시하면서 당신 혼자만의 사랑하는 표현이었다.

"그래 모도 수입하는 사업

은 잘 되나? 여기 사람들이 그러는데 외국에서 수입하는 물건들은 무엇이든지 한 개도 팔아주면 안 된다 카면서 오늘 새벽에 동네 사람들이 마카 모여서 서울로 갔다. 국회로 쳐들어 간다나 어쨌다나 온 동네가 시끄럽더니만. 지금은 아주 죽은 듯 조용하다. 앞집에 대식이 어마이가 그러는데 너 포도 수입 한다는 소리는 어데서 들었는동 나보고 아들 포도 수입하는 거 말리라 카면서 옆구리를 쿡 찌르면서 다정하게 말하드라. 괜찮나?"

나는 어머니가 걱정할까봐 괜찮다고 짧게 대답했다. 그러나 속으로는 뜨끔하고 죄송스럽고 몸 둘 바가 없었다. 아버지가 포도 농사를 지어서 나를 여기까지 키웠는데 나까지 포도수입을 한다는 자체가 배은망덕이란 생각이 들었다. 아버지가 우리 모자가 나누는 이야기를 가만히 듣고 있었던 모양이다. 손등으로 눈가를 쓰윽 비비더니 갑자기 어머니에게 화를 벌컥 내시면서 소리를 질렀다.

"시끄러워 고마."

어머니는 내가 놀라자 눈을 찡긋하면서 별거 아니라는 듯 신호를 보내왔다. 어머니는 아버지의 호령을 듣고도 태연하게 찐 감자를 곱게 벗겨서 아버지에게도 드리고 나에게도 건네 주었다. 그런데 아버지가 또 한번 소리를 버럭 냈다.

"저것이 썩은 감자를 날마다 이렇게 주면서 나보고 빨리 죽으라 칸다."

아버지의 목소리는 다 쉰 목소리였고 어머니는 듣고도 그러려니 했다. 요즘 들어서 거의 날마다 한 번씩 냅다 소리를 지르고 말을 함부러 한다는 것이다. 어머니의 설명에 의하면, 유신시절에 개랑갑자 씨 때문에 감방에서 고생했던 악몽이 되살아나서 그런다고 했다. 그냥 못 들은 척하며 넘어가면 된다는 것이다.

"하이고 너 아부지가 저런다. 내가 요새 어떻게 살고 있는지 너도 지금 보아서 알겠제?"

어머니는 아버지의 화병을 오래전부터 알고 있었기 때문에 나름대로 병원에도 다녀왔고 할 만큼 했으니 걱정하지 마라는 표정이었다. 내가 볼 때는 심각했다. 목에서 가래 끓는 소리가 심상치 않았다. 옛날 그 우렁차던 목소리는 간 곳 없었고 팔뚝에는 검푸른 힘줄도 지습은 찾아볼 수 없었다. 나는 걱정스러운 얼굴로 아버지의 팔을 주물러 드렸다. 어머니가 나를 보다 못해 다시 말을 걸었다.

"그래, 아-들하고 에미는 잘 있제?"

"네, 나중에 방학하면 한번 데리고 올게요."

어머니는 내가 당황할까 싶어서 화제를 다른 방향으로 돌렸고, 나는 얼른 받아쳤다. 아버지는 분명 옛날의 아버지가 아니었다. 내가 팔을 주물러도 그런지 가만히 의지하는 표정이었다. 그러나 뭔가를 찾고 있었다. 어머니가 다시 부엌으로 들어가고 아버지가 잠깐 사이에 담배를 피워 물었다. 뭔지는 모르겠지만 화를 참아내려는 의지가 바로 담배라도 피워야 겠는 표정이었다. 바로 그때 어머나가 기겁을 하면서 부엌에서 쫓아 나왔다. 아버지의 담뱃불을 맨손으로 확 빼앗아서 마당으로 홱 집어 던졌다.

"하이고 내가 참말로 못 살따. 메칠 전에 병원에 갔때마는 담배고 술이고 일체 하지 마라 캤는데 왜 저러는동 몰따. 요새 안 피우디만은 또 시작이다. 무신 싱정이 나쁘다카는 거는 저르키 기를 쓰고 피우는동 몰래, 의원이 뭐라카는동 아나, 우째든동 가만 앉있지 말고 자꾸 걸어 댕기라 그카드라꼬. 그런데 글쎄 너 아부지는 변소깐 구데기 맨키로 밥 먹고 앉은 자리에서 꼼지락꼼지락거리기만 하지 당체 집 밖에 나갈 생각을 하지 않는다. 지독한 담배는 왜 피우는지 모르겠고, 가만 앉아서 발꼬락만 뜯어쌓는 통에 내가 아주 죽을 때."

어머니는 참다참다가 더는 못 참겠는지 일장 연설처럼 떠붓고 말았다. 어머니는 말도 많아졌고 성격까지 많이 달라진 거 같았다. 누가 뭐라고 하여도 싫은 소리는 하지 않았고 아버지 말 끝에 토를 단적도 없었다. 그리고 부부간에 언성을 높혀서 싸우는 일도 나는 보지 못했다. 그랬는데 아버지의 담뱃불을 맨손으로 빼앗아서 마당에다 냅다 던져버리는 것도 그렇고, 하지 않아도 될 지청구를 해대는 것도 어머니의 변화라면 변화 같았다. 왜 저렇게 많이도 변했을까? 아버지를 지극하게도 모셔왔고 순종적이던 어머니가 정말로 많이 변해 있었다. 아버지가 당신 곁에서 훌쩍 떠나고 나면 당신 혼자서 남은 세월을 어떻게 보낼까 걱정이 돼서 그러는지도 몰랐다. 아버지의 성화 때문에 입에 붙은 '못살아'를 달고 살면서 아버지 발가락 좀 살펴보라는 것이다. 어머니 말대로 아버지의 발가락을 살펴보았다. 옛날부터 가지고 있던 무좀 발가락 그대로였다. 그러나 어머니께서는 심각하다는 표현이었다. 당뇨가 있고 혈압도 정상이 아닌 사람은 합병증이 오게 되고 합병증이 오게되면 꼼짝없이 당하고 만다는 것이다. 어머니 얼굴에 수심이 가득 차있었다. 금방 죽어가는 사람을 앞에 둔것처럼 얼굴이 하얗게 변해 있었다.

"너 아부지가 낼 모레로 칠십이다. 요즘은 백세 시대라고 말하지만 너 아부는 딴 사람들하고는 다르다 카이, 발꼬락이 썩어 들어가기 시작하면 의사 할배가 와도 못 고친다 카드라. 저래 가만 뒀다가 어느 날 갑짜기 팩 쓰러졌다 카면 끝장인기라. 요새는 내가 너 아부지 어떻게 될까 봐 저녁마다 잠이 안 오고 애가 말라 죽을 지경이다. 어젯밤에도 글쎄 무다이 자다 말고 일어나더니 소리를 팩 지르며 난리벼락이었다. 그러다가 비실비실 하면서 곧 쓰러질 것 같아서 내가 부축을 했었다. 머리에 물을 끼얹고 물을 먹이고 해서 중재가 됐지 가만 내비뒀으면 무신 사단이 났을 께다. 어젯밤 꼬박 밤을 패고 말았다. 잠 자다가 누구한테 털어놓을 수도 없고 너 고모라도 부를까 하다가 말았다."

자나 깨나 불조심이 아니라 자나 깨나 아버지 걱정이었다. 애가 말라 죽을 때란 소리를 수도 없이 말했다. 잠을 못 자고 꼬박 뜬 눈으로 지새면서 나에게 전화를 걸어야겠다는 결심을 했었던 모양이다. 누구에게 상의 할 곳도 만만치 않았고, 재넘어로 시집 간 누님에게라도 연락을 하고 싶지 않았던 모양이다. 그래도 내가 아들이기 때문에 나에게 하소연을 털어 놓고 싶었다는 것을 나는 비로소 알았다. 어제 전화기에 대고 느닷없이 퍼부어 대던 물장이 떠올랐다.

"세구야 나는 우째 자식이 되가지고 전화도 한 통 안 하노?"

경상도 특유의 목소리로 불쾌함을 섞어서 말하던 어머니는 마음 속에 담아 두었던 모든 응어리를 쏟아내고 싶었던 모양이다. 노심초사 아버지 걱정이었다. 아버지 때문에 애가 말라 죽을 지경이었고, 속으로 삭히면서 참고 참았던 울화를 나에게 전화를 걸어서 퍼부었다는 것을 비로소 깨달았다. 우리 모자가 주고받던 대화를 듣고 있었던 아버지가 대접에 담긴 물을 마셨다. 그러더니 대접을 마룻바닥에 탕! 소리 나게 놓으면서 '시끄르와 고마' 했다. 쇄된 목소리였다. 인간의 신체 중에서 퇴화가 가장 늦게 늙는다는 목소리까지 아버지의 목소리는 늙어 있었다. 마음 속으로 다른 말이라도 하고 싶었으나 아버지는 입에 밴 말이 시끄럽다는 말 밖에 떠오르지 않았던 모양이다. 어머니도 나도 깜짝 놀라긴 했지만 어머니는 신경쓰지 말라면서 나에게 눈을 끔뻑거렸다. 요즘 들어서 자주 그런다는 것이다. 어머니는 한숨을 쉬면서 물그릇을 치웠다. 속이 새까맣게 타들어 가면서 내색을 하지 않으려는 표정이었다. 어머니의 마음 고생이 훤히 들여다 보였다. 농사를 혼자 짓는 것도 아니고 으레 두분이 함께 들판에 다녔었다. 독한 농약을 쳐야할 때면 어머니가 무거운 호수를 어깨에 메고 이리저리 끌고 다녔었다. 그리고 그렇게 수많은 포도봉지 싸는 일거리도 어머니 몫이었다. 조금만 잘못하면 아버지가 냅다 소리를 질러대면서 고양이 쥐잡듯 닦달했어도 어머니는 꿀먹은 벙어리 행세를 했었다. 입이 있어도 말을 못하고, 귀가 있어도 듣지 못하는 것처럼 아주 옛날 방식의 보수적 시집살이를 했던 것이다. 그러면서도 단 한번도 아버지를 원망하는 일도 없었다. 복장이 새카맣게 타들어가는 세월을 보냈어도 불평 한번 하지 않았다.

도시에는 무엇이든지 물건들이 비싸다며 소득도 없는 벼농사를 지어서 작년에도 쌀 두 가마를 보내왔다. 당시에 내가 전화라도 걸어서 쌀 잘 받았다고 인사를 했어야 했는데 못했다. 나보다가 며느리라도 전화를 걸어서 살갑게 했더라면 덜 서운했을 텐데 아마 야속하다고 생각했을 수도 있었다. 그래서 어머니 가슴속에 섭섭한 감정이 남아있었던 모양이다. 홧김에 내게 전화를 걸었을지도 몰랐다.

나는 모도수입을 시작하면

서 돈만 벌면 된다고 생각했었지 아버지에게 어떤 피해를 준다는 판단은 정말로 하지 못했다. 지금 생각해보면 엄청난 실수였다. 그래서 아버지에게는 늘 마음이 불편했다. 지금도 각종 농산물이 외국으로부터 흘러 넘치도록 수입되고 있어서 국내산 농산물은 거의 똥값으로 추락된 실정이었다. 그래서 농민들과 가락시장 상인들이 농산물 수입 반대 시위에 난리를 피우는 것이다. 농민들의 배아픈 정황들을 나도 다 알게되었다. 피땀 흘려서 생산한 쌀이 남아돌아도 각종 농산물의 수입은 여전했다. 정부에서 쌀 수매라도 넉넉하게 해주었더라면 지금의 사태는 일어나지 않았을지도 몰랐다. 엎친데 덮친다고 벼 수매가도 낮은데다가 수매량까지 줄어들었고 자유무역을 선포했으니 난리였다. 그래서 가락시장 상인들은 벌떼같이 들고 일어났던 것이다. 그리고 농민들이 합세했다. 농민들의 목을 조라매는 형국이었다. 가락시장에 정노인과 박씨가 피켓을 들고 꽹과리를 치며 국회의사당을 접거하겠다는 데모 군중들의 심정을 나는 충분히 이해는 할수 있었다. 돌이켜보면 나같은 수입업자들의 책임도 없지않아 있었다. 참으로 안타깝고 부끄러운 일이었다. 아버지가 일생동안 포도 농사로 나를 키워냈으며 포도 때문에 우리 가족들이 살아왔다는 생각을 머쳐 왜 몰랐던가. 내가 포도 수입업자가 되어 아버지에게 직접적으로 피해를 주었음에도 나는 그걸 인식하지 못했다. 양극화가 따로 없었다. 아내리는 울고 자식은 웃는 격이었다. 누가 보아도 있을 수 없는 일이었고 비웃을 일이었다.

몇해 전이었다. 그때도 나는 아무런 죄책감도 느끼지 못한 채 시골로 내려 갔었다. 그당시 육촌 형이 새마을 지도자였는데 나를 잠깐 보자는 거였다. 오랜만이었고 자리를 같이 했다. 허름한 막걸리 집이었는데 나보고 연거퍼 술을 마시게 했다. 그리고 육촌 형도 술이 어지간하게 마시더니 입을 열었다. 정부에 대한 불만이 이만저만이 아니었다.

"세귀야 우리는 누가 뭐라캐도 농사가 목숨줄이다. 농사를 무시하는 정치꾼들은 정치도 할 줄 모르는 것들이다. 과학이 발달 하며서 달나라로 여행을 간다고 쳐도 밥은 묵어야 갈꺼 아이가. 정치를 아무리 잘하는 대통령이라도 밥은 묵어야 정치를 할꺼 아이가. 그런데 대통령이라는 인간이 자유무역 협정을 하겠다니 이것이 말이나 되나?"

형은 정부에서 하는 일도 그렇고 대통령이 마음에 들지 않아서 핏대를 올렸다. 지난번에 자유무역협정 반대 깃발을 들고 데모를 했는데 나라 꼴이 말도 안된다면서 원망을 했다. 나는 모도 수입업자였기 때문에 기가 죽어서 꼼작도 못하고 들어주기만 했었다. 아니 내가 수입을 한다는 것 자체가 다른 품목도 아닌 포도였기 때문에 아버지에게 미안하지 않나며 형은 갑질 행세를 하였다. 무역 자유화를 함으로써 얻어지는 국익에 대하여 전혀 모르는 듯했다.

“형님은 새마을 지도자로써 괜히 시위하러 나갔다가 다치면 우쨀라꼬요?”

“아이고 이사람아 당장 내가 죽을 판국인데 다치는게 문젠가. 그놈의 에프티에이로 무슨놈의 떼돈을 버는지 몰라도 광우병 걸린 쇠고기 수입해다가 백성을 먹이면 나라 꼴이 뭐가 되겠는가, 그리고 유전자 조작했다는 콩도 엄청나게 수입해올 모양이야. 정치하는 놈들부터 광우병 걸린 쇠고기랑 유전자 조작된 콩을 누구보다 제일 먼저 묵어 보고 들여오든동 말든동 해야된다, 그말일세.”

형은 당장 농촌에서 손해본다는 것만 주장했다. 자유무역을 추구하는 WTO(세계무역기구)에 지구상의 모든 나라가 가입해야 한다는 걸 전혀 모르고 하는 말이었다. 세계무역 분쟁조정권과 관세인하 요구, 등 막강한 법적 권한과 구속력을 가지고 있기 때문에 자유무역협정은 전 세계적으로 확대된다는 이치를 정말로 모르는 듯했다. 형은 술잔을 연거퍼 비우면서 불만을 쏟아냈다.

"자네도 아버지가 포도농사를 짓고 있는데 자네가 포도수입을 한다는게 말이 되는가?"

나는 할말이 없었다. 그냥 고개만 푹 숙이고 듣기만 했었다. 우리나라에서 외국으로 수출하는 여러가지 품목으로 고부가가치의 수익성을 설명하고 싶었으나 형은 들어도 모를것 같아서 침묵했었다. 핸드폰, 컴퓨터, 자동차,

그리고 화학과 철강제품으로 천문학적인 외화를 벌어들이는 것이 바로 자유무역협정이라고 말하고 싶었으나 형은 내 말을 곧이곧대로 듣지 않을 것 같았다. 아니 그런 말을 했다가는 술잔이 마빡으로 날아올지도 몰랐다. 옛날에 보리타작해가지고 참외랑 바꿔먹는 수단과 비슷하다고만 말해버렸다. 형은 무조건 우리 농촌에서 어렵게 생산되는 농산물이 외국으로부터 수입되는 농산물 때문에 농민들이 엄청난 손해를 본다는 주장이었다. 형의 말도 틀린 말은 아니었다. 국내산 포도 뿐만 아니라 거의 모든 농산물이 똥값으로 추락하던 시기였다. 시골 농민들의 입장에서 본다면 형에게도 아버지에게도 나는 공공의 적이였을 수도 있었다. 솔직히 농사 아무리 잘 지어도 농약과 비료 값, 박스 값 제하고 나면 이익이라고 할 수도 없었다. 결과적으로 자기 인건비만 겨우 건지게 되는 것이 농촌 실정이라는 걸 도시 사람들도 아는 사람들은 알고 있었다. 그날 나는 형에게 완전하게 패배했다. 이유는 포도수입을 하기 때문이었다.

날이 밝았다. 나는 아버지와 어머니를 모시고 병원으로 달려갔다. 두 분을 병원 복도에 앉혀놓고 단독적으로 의사를 면담했다. 얼마 전에 와서 찍었다는 아버지의 엑스레이 사진을 다시 한번 판독해달라고 요청했다. 의사는 아버지의 엑스 사진을 벽에 걸어놓고 설명했다. 두개골 부분을 짚어가며 말했다.

"여기를 잠깐 보세요. 오타원형으로 새카맣게 타들어간 것처럼 보이시죠? 이것이 외부에서 침입한 균으로 추정됩니다. 다른 분들과는 다르게 뇌 세포에 노화도 빨리 왔습니다. 그리고 어떻게 손을 써볼 수가 없습니다."

의사는 거기까지 설명하고 나서 휭하니 나가버렸다. 의사가 했던 말의 핵심인지 몰라도 외부의 침입자라는 말이 자꾸 떠올랐다. 지난번에도 어머니에게도 똑같이 설명했다는 것이다. 지난번에 육촌 형이 악담처럼 감정적으로 하던 말이 떠올랐다.

"아버지가 포도농사를 짓는데 자식이 포도수입을 한다면 이게 말이나 되나? 애비 죽일라꼬 작정을 한 게지 그게 정상이라? 너는 이놈아 외부 침입자야 이놈아."

침입자라는 말끝에 내가 말끝했더니 형은 당시에 술잔을 탕 내리치면서 말했다.

"너는 이놈아 침입자보다 더한 살모사야 인마, 어미를 잡아먹는 살모사."

형의 악담이 새롭게 떠올랐고 애써 잊으려고 했다. 복도를 걸어나왔다. 어머니가 내 옆구리를 쿡 찌르며 말했다.

"의원이 뭐라카드노, 소생할 수 있다카드나?"

어머니도 애가 타는지 바싹 다가와 턱 밑에 얼굴을 들이밀고 물었다. 나는 아무런 대답도 할 수가 없었다. 그냥 고개만 푹 숙이고 있었는데 어머니는 그럴 줄 알았다. 굳은 표정을 지으며 꺼져가는 한숨을 내쉬었다.

"에이고 이제는 다 틀렸지 뭐, 정신이 오락가락 하

고 사람을 못 알아보는데
가망 없지뭐. 하기사 베르빡
에 똥칠할 때까정 살면 뭐
할끼고, 자식 애만 메기기."
말은 자식 애만 먹인다고
했지만 속으로는 아버지가
벼란간 훌쩍 떠나버릴까 싶
어서 근심이 가득한 얼굴이
었다. 몹시 슬픈 얼굴이었다.
울컥울컥 하더니 목양목 치
마를 거꾸로 뒤집어서 코를
푸는척 하며 화장실로 향했
다. 내가 보는 앞에서 눈물
을 보이지 않으려는 의도적
행동이었다. 나는 병원 바깥
으로 나왔다. 아버지가 햇빛
을 쬐이며 바깥 의자에 앉
아 있었다. 가까이 다가갔더
니 지팡이로 담배꽁초를 짓
이기며 땅에 묻으려는 행동
을 애써 하고 있었다. 일생
동안 농사꾼으로써 밭고랑을
만들어놓고 농작물의 씨앗을

묻을 때처럼 어쩌면 습관적으로 몸에 밴 거 같기도 했다. 나는 한참 동안 아버지의 몰골을 지켜보았다. 가엽고 처량해 보였다. 가까이 다가가서 옆에 앉았다. 어깨를 주무르며 화장실 간 어머니를 기다렸으나 좀처럼 나오지 않았다. 머리 끝이 희끗희끗해질 때까지 부부라는 끈으로 살아오면서 미운정 고운정으로 여기까지 살아 온 부모님이 새삼스레 안타깝기만 했다. 아버지 건강이 급속도로 나빠진 것을 알게 된 어머니가 누님에게도 나에게도 연락하지 않고 병원에 다녀왔던 것이다. 자식들 몰래 병원을 다녀간 것도 그렇고, 아버지가 피우던 담뱃불을 맨손으로 빼앗아 치우다가 손이 뜨거워 허공에 손을 흔들어대던 것도 그렇고, 어머니는 지극히도 아버지를 위하며 살아온 것이다. '내가 너그 아부지 때문에 못살따.' 하던 반어법적인 말투에서 끈끈한 연정이 묻어 있었다. 허투루 하는 말이 아니었다. 병원에 갈라고 마음을 정하는데도 수없이 많은 고민을 했을 터였다. 누님이나 나에게 일언반구 상의도 없이 병원에 가서 사진을 찍고 기다렸다가 결과를 본 것이었다. 아버지 건강이 최악의 상태라는 통지서를 받고서야 나에게 전화를 걸었던 것이다. '니는 자식이 되가지고 오새는 전화도 한통 안하노?' 하면서 몇 마디 해놓고 금방 전화를 끊어버린 것도 어머니는 마음속에 여러 갈래의 답답함이 있었기 때문이었을 것이다. 그것이 어머니 심정이었다.

나는 다시 병원으로 들어가 어머니를 찾았다. 보이지 않았다. 화장실 유리 틈사이로 빼꼼히 들여다보았다. 어머니는 빛바랜 손수건을 꺼내어 눈물을 훔치고서 손수건을 꼬깃꼬깃 손아귀에 넣었다. 순간적으로 나도 코끝이 시큰했다. 아들이 내려오면 무슨 수라도 나겠지 하고 속으로는 잔뜩 희망을 걸었다가 내가 고개를 푹 숙이면서 아무런 대답도 하지 못하자 어머니는 금방 얼굴이 파래졌었다. 실망스러운 표정이 역력했다. 오늘 아침에 병원에 가보자고 내가 서둘렀을 때 어머니는 내게 새로운 제안을 했었다.

"세구야 내 말좀 들어봐라. 병원에는 저번에 갔다가 사진도 찍고 그랬는데 의사가 하는 말이 가망없다 카드라.

나이 많아서 틀렸다 카드라. 재넘어 용한 무당이 있는데 너 고모는 자꾸 거어 한번 가보라 카드라. 나도 너 아부지가 무신 부정이 탔는동 생전에 아플 사람이 아닌데 저래 정신이 없고 혼이 나간 사람처럼 저꾸 저래이 고마 벵원이고 뭐고 무당한테 가 보는기 더 좋을거 같다."

아침에 어머니가 했던 말이 쟁쟁 떠올랐다. 오죽 답답했으면 무당한테 가보자고 말했을까. 하기사 시골 풍습에 젖어있는 노인네들은 아직도 무당 타령을 하고 있었다.

의사가 못 고치면 한의원을 찾아가고, 한이원이 못 고치면 무당 찾아가고, 무당까지 못 알아맞추면 점쟁이 찾아가고, 점쟁이도 옳찮으면 절국 돌탑이한테라도 의지하고 싶은 것이 시골 풍습이었다.

어머니가 답답해서 했던 말인데도 나 역시 가슴이 답답한 나머지 어머니의 심정을 이해할 수 있었다. 담배라도 한대 피우고 싶어서 건물을 돌아서는데 어머니가 화장실에서 나오고 있었다. 몰골이 말이 아니었다. 바짝 마른 손으로 얼굴을 닦으며 나오는데 손수건을 꼬깃꼬깃 들어쥔 채였다. 내가 얼른 다가갔다. 어머니 손을 잡았다, 어머니는 병원 건물을 힐끔힐끔 쳐다보면서 못마땅한 어조로 말했다.

"에이고 고마 가자. 저렇게 큰 병원이 조막만한 노인네 병도 하나 못 고치는데 지체하면 뭐하겠노, 어서 앞장서라."

어머니는 병원을 병원이라고 표현하면서 아버지의 병도 고칠 수 없는 병원에는 잠시라도 머물고 싶지 않아서 구시렁거렸다.

나는 아버지와 어머니를 모시고 병원 뒷골목 식당에 들어가 점심을 시켰다. 아버지는 그냥 아무 말없이 식사를 하시다가 절반도 못 드시고 수저를 놓았다. 어머니는 아버지가 남긴 밥이 아깝다며 비닐봉지에 주섬주섬 싸담으며 기어이 한마디 했다.

"하이고 이것 좀 봐라. 니 아부지가 탈이 나도 단디이 났다. 생전 밥 남기는 법이 없는데 오새는 반 그릇도 못 자시고 이렇게 밥을 남기잖나. 우째라고 저르키 못 자시는동 몰라. 에이고 낭패다 낭패."

자나깨나 아버지 걱정이었고 나 들으라고 하는 말인지도 몰랐다. 어머니 걱정에 나도 가슴이 쿵 내려앉았다. 어떻게 해야 할 대안도 서지 않았고 일단 아버지와 어머니를 승용차 뒷좌석에 태우고 집으로 되돌아갈 수밖에 없었다.

"어머니 너무 걱정하지 마세요. 조만간 아버지 서울 병원으로 모셔갈게요."

어머니는 무슨 말을 하려다가 내가 뒷문을 쿵 닫고 운전석에 앉아 시동을 걸었더니 할 말을 멈추는 듯했다. 허구한 날 보던 산천이지만 조금 색다른 곳도 보여드리고 싶어서 누님이 살고 있는 내당 쪽으로 차머리를 돌렸다. 그리고 아주 천천히 움직이기로 했다. 이따금 꺼질듯한 한숨 소리가 들렸지만 나는 못 들은 척했다. 단순한 한숨이 아니었을 터였다. 온갖 걱정이 묻어 있는 한숨이었다. 아버지가 가엾고 불쌍하게 보였는지 연신 아버지의 옷매무새를 고쳐주면서 측은지심의 눈빛을 보내는 게 내 눈에 들어왔다. 첩첩산골에 살았어도 어느 집 못지않게 행복하게 살아온 두 분이었다. 병원에서 출발한지 삼십 분이 지나는데 아버지가 불편한지 뭐라고 말을 걸었고 어머니가 차를 세우라고 했다. 아버지가 지팡이로 어머니를 괴롭히려고 하는데 어머니가 먼저 수습을 하는 거 같았다. 알츠하이머 증상인 것이다. 안절부절 못하고 초조해하며 왔다갔다하면서 공격적인 행동을 서슴없이 하는데도 어머니는 이미 숙달이 되었는지 차분히 아버지를 다독고 있었다. 차를 세운 곳은 폭포수가 흘러내리는 계곡이었다.

폭포수는 하얀 거품을 만들었다가 금방 사라지고 다시 맑은 물로 합쳐서 흐르곤 했다. 사람도 병이 들었다가도 말짱하게 원상복귀로 돌아오면 얼마나 좋을까. 산은 산이요 물은 물이라고 법어로 설법하던 성철스님이 떠올랐다. 성철 스님의 말씀이다.

"내가 처음 수행을 시작하니 산과 물이 산과 물로 보였다. 수행을 좀 더 하자 산과 물이 산과 물로 보이지 않았다. 수행을 마칠 때가 되니 다시 산과 물이 산과 물로 보였다."

어머니는 아버지를 조신하게 앉히고 손수건으로 이마를 닦아주었다. 어린아이처럼 얼굴을 내밀어 맡기고 좋아라하는 표정이었다. 모든 것이 세월 앞에서는 어쩔수 없이 늙어가고, 아버지도 결국 어머니 앞에서 늙어가고 있었다. 나는 산도 보고 물도 보면서 느꼈다. 산이 산으로써 물을 만들고 물이 물로써 산을 키우고 있음을 보았다. 아버지가 어머니를 만나 나를 낳고 키우고, 어머니가 아버지를 만나 가정을 꾸려나가듯이 나는 아내에게 아버지처럼 곳곳하게 잘하고 있는지 되돌아보았다. 어림없었다. 부모님에게도 불효막심했다. 길가에 아무 곳에라도 피는 민들레 같기도 하고 누군가 갈증을 해소하기 위하여 음료수를 마시고 버린 빈 깡통 같다는 생각도 들었다. 한 가족이면서 가족이 아닌 군식구 같았다. 그러니까 하등의 소용없는 자식이 되어 있었다. 아버지가 휴식을 충분히 취했을 즈음에 나는 오른쪽에 앉았다. 옛날 소란

역이던 내성을 지나고 물야오전약수터를 들러서 물 한모금 마시고 닭죽을 시켜드렸다. 어머니는 오랜만에 외출이어서 그런지 술도 한잔 사달란다. 맛갈스럽게 잡수시는 어머니가 보기에 좋았으나 아버지는 우울해 보였다. 다시 부석사에 한번 들렀다가 집으로 오기전에. 용바우에 들렀다. 어머니가 아침에 용한 무당한테 가보면 어떨노? 하면서 무당타령하던 용바우가 생각나서 일부러 들렀다. 어머니 여기가 무당이 살고 있는 용바우에요. 하면서 차를 세웠으나 대답이 없었다. 백미러로 뒷좌석을 보았다. 두분이 머리를 맞대고서 잠이 들어 있었다. 어머니 머리에는 은비녀가 빼딱하게 꽂혀 있었고, 아버지는 초등학생처럼 빡빡 깎은 머리로 어머니에게 기대어 있었다. 한몸으로 사람人자형이었다. 아마 병원에서 잔뜩 긴장했다가 아들 승용차에 타면서 한시름 놓기도 했지만 닭죽에 술한잔 한것이 피곤했던 모양이다. 아버지는 드렁드렁 코까지 골고 있었다. 어제보다 더 늙어 보였다. 해질녘에 논배미에서 한쪽 다리를 들고 어디로 가야할지 고민하는 한쌍의 왜가리 같아보였다. 신령을 섬기면서 길흉을 점쾌로 봐주고 먹고 살아가는 무당으로 유명을 떨치는 용바우에 왔다고 했지만 어머니는 좀처럼 깨지 않았다. 이제는 틀렸다. 해질녘이었고 용한 무당한테 가보는 것도 오늘은 늦었다. 쪽집게로 소문난 무당이 있는 마을을 지나는데 나 혼자 고민하는 게 아니란 생각이 들었다.

재넘어로 시집간 누님에게 전화를 걸었다. 아버지의 상황을 설명하고 병원에 다녀오는 길이라고 말했다. 누님은 알았다고 했다. 내가 집에 도착하자마자 누님도 농사짓는 화물차를 몰고 급히 달려왔다. 아버지의 몰골이 말이 아니었고 앙상하게 뼈만 남은 아버지를 보자마자 눈물부터 흘렸다. 누님도 재넘어 살지만 정작은 한 번도 들여다보지 못했던 모양이다.

"하이고 세켜야 우리 아부지가 왜 이르키 됐노?"

누님도 가슴이 짠했던 모양이다. 내가 퉁명스레 말했다.

"엎어지면 코가 닿을텐데 살면서 누님이라도 좀 들따보지 뭐했어요?"

누님은 발끈했다.

"야가 묵신 소리를 하는동 몰세, 나는 야 올 초봄에 아부지 한약 한재 지어서 엄마한테 된장까지 얻어 가지고 갔다. 엄마가 그러는데 너야 말로 전화도 한통 없다면서 속상해 죽을라 카더라. 그래서 내가 둘러댔다. 가아가 요새 수입포도 때문에 정신이 없을거라꼬."

누님이 다녀갔다는 걸 까맣게 몰랐다. 수입포도 때문에 정신이 없을 거라고 대변해 준 사실을 듣고 도리어 볼 낯이 없었다. 민망했다. 하기야 누님이 우리 집안에 장녀인 동시에 살림꾼이었다. 나는 미안하기도 하고 해서 슬며시 밖으로 나와버렸다. 담배를 피우며 느티나무가 있는 정자쪽을 향해 걸었다. 의사가 가망없다며 설명을 해주던 말이 자국 거슬렸다. 서울에 유명한 병원으로 가본다고는 했어도 어머니는 이미 각오하고 있는 눈치였다. 괜히 누님에게 쌀쌀맞게 굴었다는 생각이 들었다. 가슴이 답답하고 두근거렸다. 아버지가 누나 몰래 눈깔이 사탕을 조끼 주머니에서 꺼내주시던 같은 사랑도 여기까지라는 생각이었다. 이상하게 눈물이 나왔다.
느티나무 가까이 왔을때 옛날 생각이 났다. 지금은 죽고 없지만 쌍둥이였던 형의 목소리가 들리는 듯했다. 그때는 아마 초등학교 오학년이던 시절이었다.

"어, 세규야 이리 와바라 살모사가 새끼 낳는데이."

정말이었다. 형 말대로 살모사가 산초나무 위에서 새끼를 한마리씩 뚝뚝 떨어트리고 있었다. 무섭기도 하고 신기하기도 했다. 형은 봉선 아재한테 들었다면서 살모사가 나무 위에서 새끼를 까는 이야기를 했었다.

"살모사가 와있나 낭구에서 새끼를 안까면 어미가 새끼한테 잡아먹힌다꼬 그카드라."

"진짜?"

"그래 봉선아재가 사람들 쭉 모아놓고 이야기 했다."

사실은 나도 들었던 이야기다. 당시에 봉선아재는 일본에서 대학을 나왔기 때문에 모르는 것이 없는 인물이었다. 미국에서 1945년부터 우리나라에 무상원조를 해준 것에서부터 모든 역사를 다 알고 있었다. 봉선아재 말에 의하면 미국이 우리나라에 무상원조를 해주면서 더 좋은 것을 빼앗아 간다는 역설적인 이야기도 했었다. 그러면서 미국 놈들이 좋은점도 있지만 나쁜점도 많다며 강대국의 비평을 했었다. 미국과 소련에 의한 3.8선의 확정이 우리나라의 발전을 중단 시켰다는 것이다. 그것이 강대국과 약소국의 차이점이라며 강대국들이 약소국가의 피를 빨아먹는 놈들이라고 핏대를 올리기도 했다. 누님의 세대는 가루로 된 분말우유를 배급으로 타왔고 나는 미국의 원조가 끝날무렵 강냉이 가루를 원조로 나오는 미국산을 타왔다. 그당시 미국이라는 나라가 세계 약소국으로 원조를 하면서 무역 거래를 하며 강대국 나름대로 이익을 챙기기 위함이라고 봉선아재는 설명했다. 당시에 미국이라는 나라를 비교해서 자연과목 시험문제가 서술되기도 했다.

“최근 미국에서 수입목으로 들어와 우리나라 나무에 해를 끼치는 벌레의 이름이 맞는 것을 골라 괄호(　) 안에 적어 넣으시오.”

1. 송충이 2. 풍뎅이
3. 흰불나방 4. 독나방

미국이란 나라가 강대국이었기 때문이기도 하지만 선생님이 더 억압적이었다.

“에, 또. 오늘 자연 시험 문제 속에 미국이 나온다, 7번 문제 미국이 나오는 문제를 풀지 못하면 오늘 배급되는 옥수수 가루는 배급하지 아니한다. 명심하도록.”

당시에 쌍둥이였던 형하고 나는 4번 독나방으로 적었고 정답은 3번 흰불나방이었다. 선생님이 농담하는 줄 알았는데 진짜로 옥수수 가루를 주지 않았다. 상황이 황당하게 되자 형은 골대기를 내면서 나에게 말했다.

"세화야 선생님한테 가서 우리 옥수수가리 빨리 달라꼬 그래라 안주면 우리 엄마한테 야단 맞을거라꼬 그캐라."

"내는 싫다 니가 가서 말해라."

지금 생각해보면 그때부터 미국인 나라는 강대국의 패권주의 같은 거였는지도 모른다. 우리 형제는 서로 멍기적거리면서 걷기 싫은 걸음걸이로 운동장을 빠져나가는데 문방구 앞에서 누님을 만났다.

"하이고 너들이 뭐하니라꼬 아직도 집에 안 갔나?"

누님은 그렇게 야단 비슷하게 말하면서 형의 책가방만 얼른 받아들었다. 선천성 소아마비 때문이었다. 나는 섭섭했지만 참았다. 그 당시에 누님은 봉기 인견공장에 다녔는데 나중에 알고 보니까 휴가차 나온 거였다. 우리는 누나 꽁무니를 따라 집으로 들어갔다. 엄마가 우리 셋이서 나란히 걸어들어가자 엄마는 환한 웃음을 웃으며 우리를 맞이했다.

"하이고 우짠일로 셋이서 나란히 같이오노?"

엄마는 오랜만에 휴가 나온 누님을 얼싸안고 반가워했다. 옥수수 가루를 못 타온 것에 겁이 잔뜩 났으나 누님을 맞이하는 반가움 때문에 옥수수는 입에 꺼내지도 않았다. 다행이었다. 엄마는 날마다 보던 우리 형제는 뒷전이었고 누님의 손을 꼭 붙잡고 안방으로 들어갔다. 우리는 누님이 가지고 온 가방을 주의깊게 바라보고 있었는데 마치 약속이라도 한것처럼 누님은 가방에서 우리가 좋아하는 건빵을 꺼내주었다. 미국 건빵이었다.

"철규하고 세규는 이거 가지고 윗방으로 가거라."

우리는 안방에서 나와 윗방으로 쫓겨났는데 형은 윗방으로 가고 나는 문틈으로 엿듣고 있었다.

"하이고 이게 몇달치 간조로, 쪼매만 더 보태면 우수골 댁네 논 서마지기 우리가 사면 될따. 우채든동 몸 조심하고 야물딱지게 벌어오이라. 희귀 니 앞으로 영글게 묻어두마."

엄마는 싱글벙글 웃으면서 누나를 칭찬했고 희귀 누나는 반장이 됐다고 자랑을 해댔다. 나중에 알았지만 엄마의 활짝 웃음은 돈 때문이었고 돈은 웃음의 재료가 된다는 것을 알았다. 엄마의 관심은 오로지 땅이었고, 우리는 미국에서 건너온 건빵이었다. 건빵을 입에 물고만 있어도 사르르르 녹아내렸는데 세상에서 가장 맛있는 과자라고 나는 그렇게 믿었다. 얼마나 맛이 좋은지 나는 미국이라는 나라를 입안에 넣었다고 생각했다. 봉선아재의 말로는 미국은 믿을수 없는 나라, 소련은 속이는 나라, 일본은 세계에서 제일 나쁜 침략의 나라라고 동네 사람들에게 연설을 했었다. 미국이라는 나라는 우리나라와 협력관계이면서도 자기네 나라 이익을 위해서 우리나라에 압력을 행하는 나라라고 평가했었다. 요즘에 미국과 자유무역협정 조율 단계에서 보면 한치의 양보도 하지않으려는 것을 보면 봉선아재의 말이 전혀 틀린 말이 아니었다. 강자의 사악한 횡포를 보고서 농민들은 한때 난리를 쳤던 것이다. 아버지도 한때 미국 감자를 심었다가 손해를 보고 시위를 하다가 감옥까지 갔었다. 몰매를 맞았기 때문에 지금 저렇게 몸이 허약해졌는지도 모른다. 세상은 한치의 오차도 없이 돌아가는 것 같아도 누군가의 힘이 강하게 억압하게 되어있고, 그 힘의 논리에서 약자는 항상 괴로움을 당하게 마련이다. 어느 나라가 정직한지는 모르겠지만 강대국이 있으면 약소국이 있게 마련이다. 올바른 사람은 올바르지 아니한 사람을 가리켜서 그가 올바르지 않다고 할것이며 올바르지 아니한 사람도 올바른 사람에게 그가 올바르지 아니하다고 말할것이다. 누님에게 지청구를 먹고 잠시 바람쐬러 나왔다가 발길을 돌렸다. 느티나무가 정자를 지키고 있었는지 정자가 느티나무를 지키고 있었는지 모르겠으나. 내 유년시절에 뛰놀던 곳을 뒤로하고 집으로 돌아왔다. 마당에 들어서자 누님의 목소리가 크게 들렸다.

"올케는 동생이 내려올때 같이 묻어서 왔다가 가면 좀 좋아."

누님은 서울에 내 아내에게 전화를 걸어서 지청구를 주고있었다. 아버지가 편찮으신데 며느리가 소홀해서 되겠느냐? 같은 훈계였다. 꽤 오랫동안 통화를 했던 모양이다. 하긴 지난번 쌀과 된장이 올라왔을때 어머니에게 전화를 걸어서 조곤조곤 감사의 인사를 했어야 했는데 아내는 전화도 한통 하지 않았다. 틀림없이 이런 사단이 날 줄 알고 전화를 하라고 했으나 아이들 뒤치닥거리 핑계를 대면서 차일피일 했었다. 손윗사람으로서 당연히 야단을 칠 수가 있었다. 그런데 문밖에서 가만히 듣고 있었는데 썩 좋게만 들리지는 않았다. 내가 기침을 콩콩하면서 문을 열었는데 전화는 끝났다.

"내가 너 마누라한테 한바탕 했다. 시아버지가 편찮으신데 며느리가 한번 내려와 보지도 않는다고."

나는 뭐라고 할 말이 없었다. 고개를 푹 숙이고 야단을 맞을생각이었는데 고모가 옆에서 '고마해라.' 하면서 말렸다. 아버지는 피곤해서였는지 누워 계셨다. 나는 슬그머니 누님에게 귓속말로 말했다.

"누님, 제가 집사람을 잘 타일렀어야 하는데 잘못했습니다. 방학이 되면 아이들이랑 꼭 한번 내려올게요."

귀신도 빌면 듣는다고 내가 정색을 하고 조용히 잘못했노라고 시인을 했더니 누님도 잠잠해졌다. 누님이야말로 우리 집에 기둥이었다. 풍기 인견 공장에서 개미처럼 일만 했었고, 공장에서 벌어온 돈으로 헛논을 장만했던 것도 어머니의 극성과 누님의 부지런이었다. 그런 누님에게 나는 고분고분하지 않을 수 없었다. 그리고 모든 걸 누님과 상의를 했어야 했다.

"누님, 낼 아버지 모시고 서울 큰 병원에 가볼까요?"

"안 그래도 아까 서울 병원으로 모시고 가겠다고 그

랬데이 마는 엄마가 왠일인지 시큰둥하더라 너하고 싸웠나 아이면 니가 뭐라캤나?"

"하이고 참 누님도 어머니가 돈 때문에 그러지 나하고 언제 싸우는 거 봤어요."

누님은 은근히 나를 떼보았다. 세월이 강산도 접어 삼킨다고 항상 웃음을 잃지 않았던 누님의 얼굴에도 주름께가 잡혀있었다. 풍기 인견공장에 다닐 때만해도 피부가 뽀얗게 빛이 났었고 얼굴에 윤기가 자르르 흘러서 온 동네 사람들이 우수골 댁 딸은 부잣집 맏며느리 감이라고 칭송이 자자했었다. 누님은 내 옆구리를 쿡 찌르며 말을 걸었다.

"니 나좀 보자."

누님은 나를 밖으로 데리고 나갔다. 사랑방 앞 뒷마-

우에 나를 앉혀놓고 못마땅한 표정으로 입을 열었다.

"세쥐야 지금부터 내가 하는 말 고깝게 듣지 말고 새겨들어라."

"야단 칠거면 다음에 해요 지금은 상황이 좀…."

"잔소리 말고 내가 하는 말부터 들어. 아까 엄마한테 들었는데 섭섭하다고 그러드라. 올 봄에 엄마가 된장하고 쌀하고 부쳤는데 새댁이 전화 한통도 없더라면서 그렇게 섭섭해 하면서 눈물까지 흘리더라. 며누리가 조곤조곤하게 전화라도 걸어서 쌀하고 된장 잘 받았다. 감사하게 먹겠습니다. 그렇게라도 했으면 너한테 전화를 했겠느냐, 오죽 답답하고 가슴이 터질것 같아서 너한테 직접 전화를 걸었겠느냐. 새댁이 좀 무뚝뚝하기는 하더

라. 너 아 첫돌 때 너 매형이 금반지 두 돈이나 해줬는데 빈 말이라도 인사를 했으면 내가 이런 말 안한다. 공치사 하는 거 같아서 말도 꺼내지 않았는데 요즘 가만 보니까 너 마누라 너무 무심하고 인정이라고는 하나도 없는 모양이야. 가서 그래라. 시누이가 야단 치더라고 교육 좀 시키고 시어머니한테 전화라도 자주 하라고. 그리고 이거는 엄마가 나한테만 하는 말이었다. 아부지가 지금 치매까지 겹쳤고 정신줄을 놓은지가 벌써 몇 달 됐다카드라. 우리한테 얘기도 하지 않고 영주 병원에 몇 차례나 다녀왔다고 하더라. 우리가 너무 무심했기 때문에 엄마가 독이 올라서 당신 혼자서 병원에 다녀온 기라. 의사가 벌써 가망 없

다면서 손사레를 치더란다. 고모도 그카더라. 이미 가망 없다고. 고모가 뭘 알기나 하겠나마는 고모는 까마귀가 하마 며칠째 와서 아부지를 데리고 갈라꼬 까악까악 거린다면서 그카더라. 내가 봐도 아부지는 이미 정신줄을 놓은 거 같애. 너도 마음의 준비를 단단히 하고 있어."

누님의 훈계를 듣고서 가슴이 더욱 아파왔다. 부모에게 깍듯이 공경하지 못했던 것과, 아내가 조곤조곤 전화라도 했었더라면 어머니 가슴에 못이라도 박지 않았을 텐데 모든것이 나의 잘못이었다. 누님은 맨 나중에 딴 한마디 했었다. 포도 수입하는 것 말고 다른 장사하면 어떻냐고. 누님에게 직접적으로 포도수입에 대하여 질타를 받고나서 가슴이 찡했다.

내가 아버지 대를 이어받아 포도농사를 지었더라면 후회도 질책도 없었을 것이다. 포도농사 짓기 싫어서 서울로 도망쳤으면 포도에 관한 일이라도 하지 말았어야 했는데 하필이면 또 포도 수입하는 곳에 첫 발을 들여놓았던 것이다. 곰곰히 생각해보면 세상살이가 다 운명이고 팔자인 거 같았다. 어떻게 보면 태어나는 순간부터 인생살이가 정해졌는지도 모른다. 그렇지 않고서야 아버지가 포도농사를 짓는데 자식이 똑같은 포도를 수입할 게 뭐람. 정말이지 나는 아버지에게도 죄를 지었고 누님이 또한 포도농사를 짓고 있었기 때문에 누님에게까지 나는 몹쓸 짓을 했던 것이다. 말하자면 호랑이 피하려다가 사자를 만난 격이었다.

누님도 마음 속에는 또도수입하는 내가 썩 좋지 않았던 것이다. 모든 것을 종합적으로 생각해보면 나는 참혹한 패배자였다. 어쩌면 내가 아버지를 이 지경에 만들어 놓았는지도 몰랐다. 난감했다. 밤이 지나고 아침 해가 뜨면 아버지를 서울 큰 병원에 모시고 갈 생각이었으나 온 식구가 내 생각에 동의하지 않았다. 이미 너무 늦었다는 것이다. 누님은 이른 새벽부터 일어나서 지난 봄에 지어다 놓은 한약을 다려서 아버지 입에 조금씩 떠넣어 드리고 있었다. 아버지는 의식적으로 받아먹었다. 그리고 고모가 아침이 되자 고무신을 끌고 소리나게 기침을 하면서 들어섰다.

"휘어이. 휘어이."

고모가 삽짓거리로 들어서

서 지붕위로 돌아치는 까마귀를 손사래까지 쳐가며 쫓았다. 까마귀는 고모가 애써 쫓아내는데도 오히려 기승을 부리며 고모 머리위를 쌩쌩 날아들었다. 방으로 들어서자마자 고모는 아버지의 주름진 손등을 꼬옥 잡아쥐면서 뭐라고 뭐라고 중얼거렸다. 늙어가면서 유독 정이 깊었던 두분이다. 두 남매분끼리 말은 하지 않았어도 무언가 내통하고 있는 거 같았다. 나는 차마 오래 볼수가 없어서 고개를 돌렸다. 벽지가 오래되어서 누렇게 빛이 바래어 있었고 그 빛바랜 벽지 위에는 아버지와 어머니가 혼례식 올릴 때 찍어둔 사진이 보였다. 역시 누렇게 색상은 변해 있었고 두분이 나란히 나를 내려다 보는듯 했다. 젊었을 때 찍었으니까 표정은 밝았다. 사관모와 족두리가 그 당시에는 어울렸고, 지금은 늙은 당신들의 모습을 내려다보는 형국이었다. 슬펐다. 젊은 아버지가 늙은 아버지를 내려다보면서 한없이 측은하게 보는 듯했다. 아버지가 똥을 지렸는지 고모가 먼저 알고 누님에게 대야에 물을 받아오라고 시켰다. 몸이 잰 내가 얼른 물을 떠다 바쳤다. 고모가 어머니에게 말했다. 아버지 몸을 닦아주라고…….

고모 말에 의하면 사람이 죽을 때가 돌아오면 마지막으로 죽을 똥을 싸고 눈을 감는다는 것이다. 어머니께서 아버지 몸을 닦아드리고 있는데 아버지는 희미하게 눈을 눈을 뜨고 있었다. 누님이 아버지 팔을 붙잡고 아부지요 눈 좀 떠봐요? 하면서 울먹였다. 아버지가 눈을 떴다가 감았다가 반복했다. 무슨 말을 하고싶은데도 말이 조합되어지지 않았다. 어머니가 아버지를 뚫어지게 바라보았다. 귀를 바싹 얼굴에 대고 뭐라고 말하라는 식으로 간격을 좁혔다. 그리고 어머니가 갑자기 벌떡 일어나더니 장롱을 열고 검은 보자기를 꺼냈다. 보자기 안에 에나멜로 된 핸드백을 번쩍 들고서 아버지에게 말을 걸었다.

"이거요. 이거?"

아버지가 다시 눈을 깜박했다. 두분의 말은 명확하지 않았어도 교감이 통했다. 어머니가 에나멜 백에서 금으로 된 열쇠를 꺼내들고 말했다.

"에이고 세상에 니 아부지가 세구 서울가던 해에서

부터 몇 해동안 조금씩 저축했다가 올 봄에 이걸 매달어 놨지 뭐냐."

어머니 말에 의하면 황금열쇠를 자식에게 물려주면 자손대대 행운이 들어서 행복하게 산다는 설을 듣고서 해마다 방아를 찧고서 쌀 한 가마씩 저축했다는 것이다. 어머니는 기내 길게 설명을 했다. 누님 앞에 보라고 황금열쇠를 허공에 들고 서였다. 누님은 감동을 먹었는지 울컥울컥 하다가 기어코 눈물을 흘렸고 나 또한 어머니의 말씀을 듣고서 가슴이 쿵 내려앉는 느낌을 받았다. 한 부모는 열 두 자식이라도 거느리고 얼마든지 살아남지만, 열 두 자식들 중에 단 한명도 한 부모를 잘 모시지 못한다는 말이 떠올랐다. 정말이지 우리 남매가 있어도 부모님은 우리에게 의지하지 않고 두 분이 아무 말없이 병원엘 다녀온 것이었다. 나는 그렁그렁 눈물이 나왔고 누님도 울컥대는 바람에 문 밖으로 나왔다. 앞산에 하얗게 무리를 지어 살던 왜가리들이 보이지 않았다. 그 많은 무리들이 어디론가 다 떠나버렸고, 그 왜가리들이 앉았던 소나무들은 고사목이 되어 뾰족뾰족하게 하늘을 찌르고 있었다. 부를 상징하던 왜가리들이었는데 단 한마리도 보이지 않았다. 마을 전체가 쓸쓸한 분위기였다. 어둠이 서서히 내려앉을 것 같은 기분이었다. 온 가족이 다 모여 있는데도 외롭고 적적하기만 하다. 멀리에서 종소리가 들린다. 부석사에서 저녁 예불을 드리는 종소리였다. 아련하기만 하다.

작은 개울 건너서 아버지의 포도밭이 보였다. 포도밭은 야트막한 산자락 밑에 있었는데 산 허리가 잘록했다. 어떻게 보면 등이 굽은 아버지의 허리 같기도 하고 포도밭은 자글자글 늙은 아버지 같기도 했다. 우리 가족에게는 유일한 생계의 땅인데도 나에게는 왜 그렇게도 먼 이국의 땅처럼 보여지는지 알 수 없었다. 어머니가 막걸리를 주전자에 담아서 아버지 일터에 심부름을 시키면 가기 싫은 걸음걸이로 늑장을 부렸었고, 아버지는 내가 늑장을 부렸다는 것을 다 알면서도 꾸중 한번 하지 않았었다. 나는 어려서 잘 몰랐지만. 아버지는 나에게 말없는 사랑을 주었다는 것을 지금에서야 깨달았다. 부자지간의 정은 말이 없어도 통했다. 그런 아버지에게 나는 아무것도 해드린 게 없었다. 그러했으므로 나는 살모사였는지도 몰랐다. 내게 오기 전에 살모사를 박스에 집어넣고 온 것도 후회가 되었다. 비록 뱀으로 태어났지만 하나의 생명이었고 살아있는 생명을 내가 내 마음대로 구속할 권한은 나에게 없었다. 내가 진즉에 아버지를 보살폈어야 하는데 그러지 못한 것에 나는 죄인이었다. 박스에 담아놓은 살모사는 나 때문에 애꿎은 감옥살이를 하는 격이었다. 시간은 초침으로 흘러갈텐데도 뭉텅 가버리는 느낌이었다. 고모가 손짓으로 나를 불렀고 고모 눈빛에는 슬픈 표정이 묻어있었다. 까마귀가 다시 지붕위를 맴돌았고 고모가 소리내어 쫓아도 날아가지 않았다. 멀리 개 짖는 소리까지 합세했다. 괜히 슬퍼지면서 마음이 우울했다. 외국 소설 마지막 수업이 떠올랐다. 프랑스의 땅 일부분을 독일에 넘겨주어야 했기 때문에 스승과 제자 사이에 마지막으로 수업을 끝마쳐야 했던 것처럼 아버지와 나에게 주어진 시간이 여기까지라는 생각이 들었다. 방문을 열고 들어갔는데 누님은 벌써 그렁그렁 눈물을 흘리고 있었다. 아무도 가르쳐주지 않았던 이별의 시간. 누구도 알 수 없는 생과 사의 길목. 내 가슴에 한줄기 쌔한 바람이 이는 기분이었다. 꼬질꼬질한 조끼 주머니에서 동전을 꺼내주면서 눈깔이 사탕을 사먹으라시던 아버지의 저녁은 그렇게 저물어 갔다.

공연

"언니, 나 딱 한 스테이지만 뛰고 금방 갈게유."

강옥이 레깅스에 시폰블라우스를 팔랑거리며 말했다. 짙은 향수 냄새가 풍겼다. 배달 갔다가 술도 한잔 하고 공연도 예약하고 온 모양이다. 강옥이 말한 스테이지란 우리끼린 공연으로 통했다. 공연을 왜 스테이지로 바꿔 말하는지는 모르겠지만 공연이든 스테이지든 나한테는 주문도 예약도 없어 곧장 퇴근했다. 빨래하고 청소를 했더니 피곤해서 곯아떨어졌다. 꿈속에서 내 새끼가 막 울었다. 깜짝 놀라 눈을 뜨자 현관문 밖에서 땡 하고 승강기 소리가 났다. 강옥인 모양이다. 무궁화 꽃이 피었습니다. 두 번이나 읊어도 기침소리도 없고 잠잠하다. 귀를 쫑긋 세웠다. 현관 열쇠구멍에 수놈이 밀고 들어오는 쇠붙이 소리가 나야하는데 조용했다. 무궁화 꽃이 얼어 죽었다. 두 번 더 읊었다. 열쇠구멍 소리는 고사하고 신발 소리도 나지 않았다. 술에 취해서 맛이 간 모양이다. 개뿔도 없이 방황하는 꼴이 불쌍해서 방 한 칸 따로 내주었는데 이 언니를 성질나게 만든다. 노래방에서 공연장까지 주는 대로 퍼마셔서 제 몸뚱아리도 가누지 못하다가 현관문 앞에서 정신을 잃은 모양이다. 오줌도 싸고 문도 열어줘야 할 판인데 갑자기 살인범이나 성추행범인 사이코패스면 어떡하나 싶었다. 가슴이 철렁했다. 놀란 사슴마냥 다시 현관 앞에서 바깥 동정에 귀를 기울였다. 잠깐 신발 소리가 들렸던 같기도 했다. 혹시 강도? 아니면 강옥이? 헷갈렸다.

"야, 너 강옥이지?"

말이 없다. 5센티 철판을 사이에 두고 강도냐 강옥이냐 신경이 곤두섰다. 다시 확인하기로 했다.

"강옥이 너 완전 맛이 갔구나, 빨리 들어오잖고 뭐해 이년아."

역시 반응이 없다. 일곱 살 난 어린이를 성폭행하고 도주했다는 뉴스가 떠올랐다.

"띵."

어, 다시 승강기 문이 닫히고 내려가는 소리가 들렸다. 오줌이 마려워 몸이 배배꼬였다. 참았던 오줌을 찔끔 지렸다. 은근히 부아가 치밀었다. 한 스테이지만 뛰고 일찍 들어온다던 년이 아직 들어오지 않았다. 변기에 걸터앉아 오줌을 눴다. 시원했다. 세상살이가 방뇨할 때 같은 기분이라면 얼마나 좋을까. 앉은 김에 가슴을 쓸어내리며 한 가지 더 해결하기로 했다. 용을 썼지만 배출이 되지 않았다. 지랄하고 아랫배가 살살 아프다. 방금 전까지 시원한 방뇨로 살 것 같더니만 큰 것이 나올 듯 말듯 오히려 고민 하나가 더 늘었다. 멍하게 팬티를 내려다봤다. 어, 생리였다. 기저귀를 차야하는 게 왕짜증이다. 젖꼭지를 만져봤다. 단단하다. 왜 생리할 때마다 남자 성기만한 주사기로 피 뽑는 모습이 연상될까. 여자, 생리, 팬티, 열쇠구멍, 여러 단어가 떠오르는데 전화가 왔다. 여보세요?

"엄마, 언제 와? 흑흑흑."

아들이었다. 어미가 얼마나 보고 싶었으면 한밤중에 전화를 다 했을까. 두고 온 내 새끼를 생각하자 가슴이 미어졌다. 죄 짓고 벌 받는 기분이었다.

"어 울지 마, 우리 아가 착하지, 외할머니 옆에 없어?"

"으응 없져."

울먹이는 새끼 음성을 듣고 나니 갑자기 피가 거꾸로 솟는다. 새끼 맡긴 대신 통장에서 삼십만 원씩 꼬박꼬박 빠져나가는데 그 어린 것을 혼자 두고 이 밤중에 어딜 갔단 말인가. 내가 아무리 애비 없는 자식을 낳았어도 그렇지, 자기 외손자를 내버려두고 집을 비웠다고? 이 할망구가 미쳤나 노망 연습하나. 또 재활용 목공소에 영감탱이 만나러 갔나? 영감탱이가 꼬드겨갔을지도 모른다는 생각이 들자 속에서 불덩이 같은 게 끓어올랐다. 우이씨. 후다닥 외출복을 걸치고 신발도 갈아 신었다. 가슴이 쿵쿵 뛰었다. 장거리 택시가 잡히지 않아 진땀이 다 났다. 간신히 한 대 잡아 택시에 올랐다.

"아저씨 평택 총알?"

"요금이 쪼까 나올틴디 괜찮겠시유?"

"그류, 요금은 신경 끄고 급하니께 기양 막 발바바유."

타자마자 기사가 힐끔거렸다. 오밤중에 덕산에서 평택까지 택시 타주는 것만 해도 감지덕지 할 판인데 자꾸만 거울로 힐끔거린다. 장거리 요금을 잘 받아 낼 수 있을지 미심쩍은 모양이다. 하긴 택시 운전도 그놈의 쩐 때문일 테니까. 기분은 영 씁쓸한데 총알같이 쏘는 바람에 타들어가던 불덩이가 조금씩 가라앉았다. 백미러로 눈이 딱 마주쳤다. 이상하게 많이 본 듯한 얼굴이다. 내 새끼를 만들어놓고 대책 없이 자살해버린 병기랑 똑같이 생겼다. 세상에 닮은꼴도 많다지만 이렇게 꼭 닮았을까. 갑자기 병기 생각이 확 되살아난다. 병기는 여자 같은 남자였다. 인형처럼 생겼고 내가 딱 좋아하는 스타일이었다. 고등학교 때, 병기는 학교에서는 물론 동네에서도 인기 짱이었다. 나는 태연한 척하면서 혹시나 미선이년한테 빼앗길까봐 신경이 쓰였다. 공부께나 하는 년이 찝쩍거리는 통에 불안했었다. 내가 먼저 찜하기 위해 비싼 선물 공세를 했다.

"병기야 내가 너 좋아하는 거 알지? 이 만년필로 너 찜한다. 오래 간직해?"

카드에 예쁜 글씨로 내 이름 선영이라고 쓰고 쌈박한 포장지에 싸서 친구 편에 보냈다. 이웃집이어서 같이 크고 항상 붙어다녔어도 내가 좋아한단 증표의 뇌물공세는 처음이었다. 받자마자 문자로 답장이 왔다.

"누나 진짜 짱이다. 정말 갖고 싶었는데 나도 누나 미칠 만큼 좋아해."

뇌물공세는 효과가 있었다. 공격이 곧 방어도 되듯이 그 후로 병기는 한눈팔지 않았다. 우린 급속도로 가까워졌다. 누가 먼저랄 것도 없이 게임을 했다. 내가 정말 좋아하는 병기가 내 몸을 점령했을 때 나는 온 세상을 다 가진 느낌이었다. 처음부터 섹스가 좋았던 건 아니다. 차츰차츰 학습이 되었고 그가 내 곁에 있어야 안심이 되었다. 그를 안고 있으면 눈도 뜨지 않은 강아지가 젖무덤을 파고드는 게 연상되었고 나는 가슴을 내주며 행복했다. 할 때마다 뜨거운 욕정에 빠져들었다. 나는 그게 순수한 애정이라 생각했다. 이상하게도 병기와 같이 있으면 불안하지 않았다. 그를 좋아하지 않을 수 없었던 또 하나의 매력은, 챙이 긴 야구 모자를 눌러쓰고 온 몸으로 노래하는 타고난 가수 기질 때문이었다. 그가 긴 다리를 꼬고 기타로 로망스를 뜯을 때면 정말 몸이 저릿저릿 녹아내렸다. 가슴도 콩닥콩닥 뛰었고 아래가 다 젖어버렸다. 그는 나보다 한 살 아래였다. 어릴 때부터 함께 자라고 함께 학교를 다녔다. 누구 말마따나 만나는 것도 끼리끼리 정해지는지 그는 엄마가 없었고 나는 아빠가 없었다. 이천년 새로운 밀레니엄이 오고 있을 때였다. 미국에서는 세상 종말이란 가상 시나리오로 공포에 떨게 했다. 그 당시 우리는 함께 대학 시험을 쳤다. 모든 면에서 뛰어난 병기는 대학시험에 떨어졌고, 여러모로 부족했던 나는 오히려 대학시험에 붙었다. 이변이었다. 그러나 나는 돈 때문에 대학 문전만 쳐다보았다. 나의 세상은 점점 불쾌해져갔다. 미국의 시나리오대로 지구에 구멍이라도 났으면 좋으련만 희망사항이었고 가상시나리오도 빗나갔다. 대학에 보내고 싶은 부모의 자식은 떨어지고, 대학에 떨어지기를 바라는 부모의 자식은 붙었으니 그것이 내가 겪은 밀레니엄 변화였다.

"엄마, 나 대학 붙었어."

"이년아, 대학은 무신 대학, 글키 대학가고 싶으면 바람난 니 애비나 찾아 가아라, 이년아."

엄마는 재활용 목공소 아저씨가 주문한 칼국수를 살강살강 썰며 대학 좋아하네, 하는 눈빛으로 째려보았다. 앞에 이년아, 는 진짜 돈이 궁해서 대학에 보낼 수 없는 현실을 말하는 것이고, 뒤에 이년아, 는 아버지가 마담 꿰차고 멀리 떠난 후유증일 것이었다. 겉으로는 단 한 번도 원망하지 않는 척했으나 비가 오거나 눈이 오면 꺼질듯 한숨을 토해내곤 했다. 아버지가 다방 마담하고 눈이 맞았다는 소문이 나돌았을 땐 내가 아무것도 모르는 젖먹이였고, 엄마가 남우세스럽다며 이혼했을 땐 내가 일곱 살이었다. 비굴하게도 아버지는 도망친 거나 다름없다. 꼬드긴 마담을 데리고 멀리 통영에서도 배타고 두 시간이나 가야하는 욕지도에서 새살림을 차렸단 소문이 나돌았다. 엄마는 아버지에게 욕을 바가지로 하고 싶었겠지만 가슴에 묻어두고 살았다. 남편이 언제 있었나 싶게 신경도 쓰지 않다가 불쑥 깡 소주를 마시곤 했다. 담배를 꼬나물고 하늘을 쳐다보며 원망의 입술을 깨물기도 했다. 속이 상하면 슬며시 나를 째려보았던 것도 내가 아버지를 쏙 빼닮았기 때문이었다. 엄마에겐 내가 거멀못이었다. 아버지 피를 쏙 빼닮은 딸년이 예쁠 턱도 없었겠지만 그래도 자기 아랫도리로 뽑아낸 책임 때문에 어쩔 수 없이 데리고 살아왔다. 내가 커서 철들 무렵이었다. 는개비가 부슬부슬 내리던 날, 마당에 비둘기 한 쌍이 모이를 쪼며 정답게 놀고 있었다. 엄마는 마시지도 않을 술잔을 들고 아주 오랫동안 한 쌍의 비둘기를 아련하게 바라보고 있었다. 그 슬픔이 아버지가 저지른 가정 파탄 때문이었음을 나중에야 알았다. 아버지는 도주할 계획을 세워놓고 양심에 찔렸던지 칼국수 가게라도 얻어놓고 떠났던 것이다. 불행 중 다행이었다. 어떨 땐 아버지가 없는 슬픔보다 사람을 그리워하는 엄마가 더 불쌍해 보였다. 내가 일곱 살 때로 기억된다.

"하이고 이 홍두께 좀 봐라, 울매나 이뿐동 몰따. 너 아부지보다 훨씬 낫다야."

어느 날 엄마가 재활용 목공소에 칼국수 배달 갔다가 홍두깨를 선물로 받아 왔다. 아무것도 모르는 나에게 아버지보다 훨씬 낫다며 자랑을 해댔다.

"엄마 어디 갔따 왔떠?"

"재활용 목공소 배달 갔다가 왔다 왜?"

나는 재활용이 무슨 소린지 몰라 병기랑 나랑 재활용, 재활용 하고 싸돌아다니며 놀았다. 엄마는 확실히 남자에 굶주려 있었다. 인심 좋고 삼촌 같은 목공소 아저씨를 은근히 좋아하고 있었던 것이다. 아버지에게 버림받은 애정결핍증이었다. 홍두깨에서 신발장으로, 신발장에서 침대로 빠르게 진도가 나가면서 전화기를 밤낮 붙들고 살았다. 목공소에 배달만 가면 돌아오는 시간도 늦어졌다. 그럴 때마다 나는 병기 한입 내 한입 칼국수 꼬리를 입에 물고 엄마가 와도 그만 안 와도 그만 병기하고만 놀았다. 나는 병기만 옆에 있으면 즐거웠다. 급기야 고급 장롱이 안방에 턱 들어와 자리를 잡았다. 엄마 입이 딱 벌어졌다. 목공소 아저씨가 알록달록한 노리개 달린 열쇠를 엄마에게 건네주었다. 열쇠를 받은 엄마가 내가 보는 앞에서 아저씨에게 확 달려들어 안겨버렸다. 나는 눈이 동그래졌다. 아저씨보다 엄마가 더 미웠다. 열쇠 들어오면 당연히 열리는 자물통이라는 걸 그때는 왜 몰랐을까. 보지 말았어야 할 광경을 피할 수 없이 보고 말았다. 나는 어어, 어어 하면서 자꾸만 뒤로 물러났었다. 세상엔 일어나지 않아도 될 일이 어쩔 수 없이 일어나기도 하고, 말도 안 되는 일이 말처럼 쉽게 일어나기도 한다는 걸 뒤늦게 깨달았다. 이제 어머니도 많이 변한 걸까. 일본의 한

도시가 쓰나미로 온통 변해도 내 어머니는 변치 않으리라 믿었다. 그러나 아니었다. 내 엄마가 모성을 잃어버린 것에 나는 실망했다. 가구가 들어온 이후로 엄마는 목공소 열쇠를 허리춤에 차고 등교하는 학생처럼 당당하게 드나들곤 했다. 그랬던 엄마였지만 그래도 나는 믿고 내 새끼를 맡겼던 것이다. 자기 새끼가 뽑아낸 새끼야말로 부정으로 뽑아냈지만 혈통으로 따져도 엄연히 외손자가 아닌가 말이다. 공짜로 맡겼던 것도 아니고 내 아들 거두는 조건으로 꼬박 꼬박 30만원씩 통장에서 빠져 나갔다. 자정이 넘은 시간에 내 아들을 방치하고 그놈의 목공소 아저씨하고 재활용의 시간을 보내고 있다는 생각을 하자 속이 발칵 뒤집어졌다. 나는 엄마를 원망하며 총알택시를 타고 내 새끼가 있는 평택에 지금 도착했다. 골목길이었다.

"아저씨, 조오기 문 앞에 차 대고 잠깐 기다려유."

운전사 눈이 동그래졌다.

"요금은 워치기 한데유?"

"덕산으로 다시 갈끼유, 잠시만……."

안방으로 들어갔을 때 엄마는 보이지 않았다. 방안에는 오십대 후반의 외로운 냄새와 어미 가슴이 그리운 불쌍한 내 새끼의 냄새가 겹쳐져 비릿했다. 벽에 걸린 시계 초침소리가 책, 책, 책 세월을 두텁게 쌓고 있었다. 내 새끼는 환생을 앞둔 누에처럼 웅크리고 있었다. 부글부글 끓었다. 허리춤에 열쇠를 차고 열쇠 구멍 맞추러 갔을 것 같은 지랄 맞은 생각만 자꾸 떠올랐다. 머리끝까지 차오르는 분노를 발산할 곳이 없었다. 울다가 지쳐 콜콜 잠든 내 새끼를 쳐다보자 눈물이 왈칵 쏟아졌다. 그 자리에 펑 무질러 앉아 한참동안 눈물을 찍어냈다. 내 신세가 처량했다. 아들을 데리고 나오는 시간은 불과 이십 분도 채 걸리지 않았다. 엄마가 내게 무관심했던 것처럼 나 역시 엄마를 배반하기로 했다. 내 새끼만 감쪽같이 꺼내왔다. 마치 불난 집에 인명 구출하는 소방대원처럼 아들을 품에 안고 나오는데 꼭 도둑년 같다는 생각이 들었다. 내 아들 내가 데리고 나오는데도 지랄하고 동네 개새끼들이 사방에서 짖어댔다. 가슴이 콩닥거렸다. 난 왜 이리 복이 없을까. 엄마와 이제 마지막이라는 생각을 하며 멀리 목공소에 딸린 희미한 불빛을 째려보았다. 엄마 얼굴이 필름처럼 돌아갔다. 그리고 속으로 중얼거렸다.

"어디 한번 당해봐라. 집에 돌아왔을 때 당신 외손자가 사라졌음을 당신 눈으로 똑똑히 보아라. 당황하다 못해 황당할 것이다. 이제 당신하곤 끝장이야. 두고 봐."

마음속으로는 그게 최고의 앙갚음이라고 생각하면서도 골목을 빠져나오는데 주체할 수 없는 눈물이 펑펑 쏟아졌다. 나는 영영 이별을 생각했다. 골목의 모텔 불빛이 비밀스레 반짝였다. 떡볶이 팔던 자리엔 아싸 노래방이 들어서있고 뽑기 전문점이던 가게는 공터로 남아 있었다. 하긴 나도 변했다. 태연한 밤이 태연스럽게 새벽을 밀어 올렸다. 내 새끼 방치한 꼰대를 원망하면서도 자꾸만 눈물이 나는 건 또 뭘까. 아버지의 또 다른 선택에 떠밀려 천덕스럽게 버려진 엄마도 여자는 여자란 생각이 들었다. 얼마나 고독하고 외로웠으면 어린 손자를 두고 재활용이 그리웠을까. 얼른 갔다가 빨리 오리란 마음으로 갔겠지만 목공 아저씨가 붙잡았을지도 모른다. 목공소 아저씨에게 잡혀 끙끙대고 있을 엄마의 그림이 떠올랐다. 늘그막에 비천하단 생각이 들었다.

나를 낳은 내 어머니가 남자가 그리워 손자를 홀로 두고 갔다는 생각을 하자 돌아버릴 것 같았다. 엄마는 아버지 부재로 인한 화풀이였을지 모르지만 나는 내 아들 옆에 있어야 할 어머니의 부재가 미칠 지경이었다. 새끼를 데리고 나오면서 아랫입술을 지그시 깨물었다. 방안에 있어야 할 외손자가 사라진 것을 알게 되면 엄마도 눈이 뒤집힐 것이다. 한편으로는 고소하기도 하고 또 한편으로는 가슴이 미어졌다. 아이를 안고 택시에 탔다. 기사가 깜짝 놀라는 표정이었다. 공장 제품도 아니고 뭔 아기를 그새 만들어 오냐는 표정이었다. 지랄 맞았지만 대꾸하지 않았다.

"아자씨, 조오기 24시 편의점 쪽으로 쫌 갑시다.

"그류, 알았시유."

편의점에서 우유와 김밥을 샀다. 달리는 택시 안에서 아들 입에 넣어주었다. 아들은 정신없이 받아먹었다. 내 새끼여도 똑바로 쳐다보기 민망했다.

"엄마, 어디 가지마."

나 역시 엄마 자격이 없었다. 나 같은 것도 어미라고 가슴으로 파고들었다. 배가 고파 김밥을 오밀조밀 씹어 먹는 모습을 보자 눈물이 또 쏟아졌다. 엄마 어디 가지 마, 하고 찰싹 달라붙었다. 심장이 오그라드는 것 같았다. 내가 아버지 없이 자라면서 엄마의 그렁그렁한 눈물을 보고 자랐던 것처럼 내 아들도 그러고 있었다. 어떨 때는 엄마가 진짜 나를 낳았을까 싶기도 했다. 젖 주고 밥 주고 안아주던 엄마가 마담 꿰차고 도주한 아버지보다 더 미울 때도 있었다. 어쩌면 내가 그런 엄마를 꼭 닮았을지도 몰랐다. 그 새끼의 팔자가 또 그 어미의 팔자를 닮아가고 있는지도 모르고. 잠자는 새끼 얼굴을 내려다보았다. 씨도둑 못 한다더니 어쩜 이리도 병기를 꼭 닮았을까. 짙은 속눈썹에 볼우물까지 빼다 꽂았다. 아무리 생각해도 죽음을 선택한 병기가 원망스러웠다. 만년필을 선물하면서 만년 같은 사랑이 유효할 줄 알았는데 유효는커녕 무효란 말도 없이 그는 세상을 떠났다. 정말로 자살할 팔자라는 게 있는 걸까. 병기는 갔지만 당시 사건은 생생했다. 병기로부터 전화가 왔던 그날은 이슬비가 촉촉하게 내렸다.

"누나, 보고 싶어."

"알았싸 지금 바로 날아간다."

병기 아버지는 노량진 학원이 가까운 신림동에 원룸을 얻어주었다. 재수가 아니라 이미 삼수였다. 병기는 학원 생활이 너무 지겹고 내가 보고 싶다며 전화를 했고, 나 역시 병기가 궁금해서 한번 찾아가볼까 하던 참이었다. 얼마나 반가운지 날아갈 것 같았다. 으슥한 골방으로 내가 먼저 병기를 끌어들였던 것처럼, 그의 원룸을 찾아가는 일은 구구단 외우기보다 쉬웠다. 총알처럼 올라갔다. 남자 여자 만나면 뻔했다. 빤한 줄 알면서도 빤한 짓을 하기 위해 뻔뻔하게 찾아갔다. 슬그머니 눈을 감을 줄도 알았고 음흉하게 속옷을 벗을 줄도 알았다. 사람들이 자기 부모만큼은 섹스를 해서 자신을 낳았다고 생각하지 않는 생경함처럼, 병기와 게임을 즐기면서도 설마 아이가 만들어진다는 생각은 꿈에도 하지 못했다. 어릴 때부터 같이 컸기 때문에 그 연장선이라 생각했던 것이다. 하지만 지구의 60억 인구가 다 섹스의 결과물이고, 세상만물도 오목凹 볼록凸임을 뒤늦게 깨달았다. 학교에서나 가정에서나 단 한 번도 가르쳐주지 않은 섹스를 어찌 그렇게도 태연하게 했을까. 쳌, 쳌, 쳌. 초침은 그때나 지금이나 세월을 만들었고, 쳌, 쳌, 쳌 뱃속에 아기가 자리를 잡았다. 새끼 낳을 때가 되어 가출해서 낳았다. 그의 새끼가 현식이다. 포대기에 새끼를 싸서 병기를 따로 찾아갔을 때 그는 눈을 동그랗게 뜨고 쳐다보기만 했다. 나는 아기를 신주 모시듯 안고 갔건만 병기는 겁에 질린 눈빛이었다. 요즘 아기 하나만 낳아도 정부에서 출산 지원금에다가 교육까지 책임진다는데 확실히 잘못 태어났다. 병기는 나를 째려보았다. 하긴 내가 천벌 받을만한 짓을 했다. 병기는 난감한 얼굴이었고 나는 황당했다. 중요한 지갑을 재래식 똥통에 빠트린 기분이었다. 재수생인 나더러 어쩌라고 하는 눈빛이었다. 받아줄 맘이 아예 없었다. 욕이 저절로 나왔다. 씨발, 졸라 더럽고, 졸라 배신 때리고, 졸라 허무했다. 길가에 흔해빠진 냉이만도 못한 존재감으로 돌아섰다. 갈 곳이 없었다. 생각나는 곳이 딱 하나 있었다. 집이었다. 미혼으로 새끼를 낳아 집으로 들어갔을 때 엄마는 벌써 눈치 챈 듯했다. 아예 아무 말도 하지 않았다. 눈을 내리깔고 야멸치게 쏘아봐주길 바랐는데 아니었다. 엄마는 꺼지는 한숨으로 하늘만 쳐다보았다. 하다못해 욕설이라도 퍼부어주길 바랐는데 그럴만한 가치도 없다는 듯 망연자실이었다. 이 망할 년이 애비 피를 닮았나, 대가리 피도 안 마른 년이 어디서 가랭이를 함부로 벌리고 지랄이여. 잘 들어라, 오늘부터 너는 내 딸년이 아니다. 호적 파가지고 썩 꺼져라. 나는 그런 정도의 말이라도 듣고 싶었다. 잘못에 대한 벌을 받지 못하자 숨 쉬는 것조차도 버거웠다. 콱 뒈지고 싶었다. 엄마는 아무 관심도 없다는 듯 능청을 떨다가 기어코 분노를 터트렸다. 새끼를 포대기에 싸가지고 나를 앞장세웠다. 병기 아버지를 찾아간 것이다.

“당신 아들이 내 딸을 이 모양 이 꼴로 만들었고 당신 새끼 짓이니까 당신네들이 책임지시오.”

엄마는 땅을 치며 펄펄 뛰었다. 그렇게 게거품을 물지만 않았어도 병기는 세상에 살아남았을 것이다. 치욕과 죄책감에 병기는 일주일 뒤 농약을 마셨다. 그가 죽고 내 인생은 걸레처럼 너덜너덜해졌다. 다 내 팔자고 내 못난 탓이었다. 아기는 부메랑처럼 내게로 다시 돌아왔다. 엄마는 정말로 내가 어떡하길 바랐을까. 나는 마음을 잡을 수 없었다. 불안과 공포에 시달려 가출을 결심했다. 쫓아내기 전에 자발적으로 나와야 했다. 새끼를 두고 자살은 할 수 없었다. 어디 가면 입에 풀칠 못할까. 간덩이에 빨대를 꽂고 풍선을 불은 셈이었다. 노래 가사처럼 가방을 싸고 말았다. 지하철 역 앞에서 생활정보지 광고를 보고 은신처를 찾았다. 홀로서기를 하고 싶어 한 게 아니라 홀로서지 않고는 견딜 수 없었다. 무조건 집을 나섰다. 도착한 곳이 충청도 예산 하고도 덕산이었다. 다방을 찾아갔다.

“언니 저 다방에서 일 좀 하게 해주세요.”

“그려, 나이 몇 개냐?”

다방 왕언니가 상담을 했다. 회사 심사위원 같았다. 이것저것 면접시험처럼 캐물었지만 나는 뻥을 쳤다. 아이까지 있다고 하니까 믿어주마 하는 얼굴이었다. 일자리가 금방 해결되고 나니 대학을 못가길 잘했다 싶었다. 다방엔 비교적 오전에 손님이 없었다. 나보다 몇 달 먼저 들어온 미숙 언니에게 왕언니가 군기를 잡았다. 완전 군바리 버전이었다.

“어이 박미숙, 사정거리 앞으로.”

미숙 언니가 나를 힐끔 쳐다보았다. 너도 따라와 이년아, 하는 눈으로 마담 왕언니 앞으로 다가갔다. 나는 아직 햇병아리어서 완전 쫄았다. 졸래졸래 따라갔다.

"네, 왕언니. 박미숙 외 일명 대령했시유. 호호 하하."

"어쭈, 동작바라, 웃어? 하늘같은 이 언니하고 맞먹겠다는 거야 뭐야?"

"아임다, 왕언니."

"얼씨구, 니 눈에는 왕언니로만 보이냐?"

"아닙니다. 왕 언니는 옥황상제님이심다."

나는 웃음이 나와 죽을 뻔했다. 다방이라는 허접한 공간에서 농담을 그렇게 세련되게 하다니. 군대식 버전은 은근히 위압감을 주면서도 사람을 배꼽 잡게도 했다. 나를 겁주려고 미숙 언니를 표적으로 삼은 것이다. 아침에 출근하면 탁자 위에 탑새기(먼지) 하나 없이 반질반질하게 닦을 것, 수첩에 오빠들 명단 찾아 전화 할 것, 등이 교육의 요지였다. 왕언니는 우리가 보는 앞에서 본때를 보여 주었다.

"어 큰오빠, 싱싱한 생선 들어 왔는디 어째 간 좀 볼티여?"

왕언니는 은어로 통화하면서도 우리 들으라는 듯 슬쩍슬쩍 말을 흘렸다. 대학 물 먹은 애송이가 들어왔는데 생선으로 치면 제주 옥돔이다. 젖도 크고 엉뎅이도 크다. 정부에서 받은 돈 뒀다 뭐 하냐, 죽으면 요즘 애들 말대로 졸라 아깝지 않냐, 통화 내용은 대충 그런 버전이었다. 우리가 듣고 있을 땐 조곤조곤하다가도 직설적일 때도 있었다. 왕언니는 그렇게 큰오빠라는 사람 외에도 여러 거래처에 전화를 걸어댔다. 그것이 곧 돈 뜯어내는 방법이었으니까. 낚시는 이렇게 한다. 회

싫어하는 놈 봤냐? 하면서 은근히 현실적인 면을 보란 듯이 강조했다. 다방의 인력은 시간과 돈이 맞물려 있었다. 배달은 우주왕복선처럼 빠르게. 티켓은 한 시간에 이만원. 쓰나미의 나라 일본은 얼만지 몰라도 대한민국은 전국이 비슷하다. 다방의 질서는 나라님들이 만드신 국법보다 칼 같이 지켜진다. 국회의사당처럼 멱살잡이도 하지 않는다. 나가서 몸을 팔든 공연을 하든 시간당 일만 원은 공연비로 나가고 나머지는 내 수입이다. 많이 뛰면 뛴 만큼 벌기도 하지만 돈을 벌기 위해 몸뚱어리 작살나는 손비 처리도 감안해야 한다. 왕언니 말씀에 의하면 몸이 재료고 재료가 곧 돈이었다. 장사에도 밑천이 들어가듯이 이 바닥에서 돈 벌려면 몸이 망가지는 것을 감안해야 한다. 남자는 열쇠. 여자는 열쇠 구멍, 고로 열쇠를 공략하라. 그러면 쇠도 떨어지고 떡고물도 떨어진다. 가끔 조선족들이 돈에 환장해서 구멍을 덤핑해대는 바람에 약간의 지장은 있었지만 그래도 다방은 돌아갔다. 첵, 첵, 첵. 초침은 다방레지 심장 박동이다. 돈도 세월 따라 움직이고 돈 굴러다닐 때 공연도 뛰어야 한다. 하나님은 성도가 필요하고 선생은 학생이 필요하고 우리는 돈이 필요하기 때문에 공연을 나가는 것이다.

충청도 덕산은 지리적으로 온천 관광지다. 대전에 있던 도청 청사를 노무현 오빠가 대통령 시절에 옮기기로 해놓았다. 수암산과 용봉산을 배경으로 도청 건물이 새들의 길을 막고 우뚝 서있다. 그 부지만큼 매수된 땅은 화폐로 교환 되었다. 뭉칫돈이 시골 농사꾼들 손으로 들어갔다. 돈은 술 취한 오빠들의 지갑에서 갈팡질팡 떠돌아다녔다. 왕언니 말씀은 뻥이 아니다. 부모 잘 만나 땅마지기나 가지고 있던 지주들은 충남도청 청사로 매립 되었고 졸지에 졸부가 되었다. 작게는 수

십억씩 많게는 수백억의 보상금을 받은 것이다. 평생 만져보지도 못할 금액이 손아귀에 들어왔으니 농사짓지 않아도 대대로 먹고 살 돈이 생긴 것이다. 때는 이때다. 기회를 잡아야 한다. 오빠들은 온갖 폼을 다 잡고 다방에서 시시껄렁한 이바구를 흘렸다. 이바구도 진지하게 들어줘야 오빠들의 지갑이 춤을 춘다. 종교를 가진 사람에겐 하느님이 전지전능이고 우리에겐 돈이 전지전능이다. 세종시와 도청청사 사이로 황금이 떠돌아다녔다. 건물이 들어서고 공무원들이 움직이면 그 주변 인물들까지도 돈에 모가지가 잡혀 질질 끌려 다녔다. 정신 바짝 차리고 돈의 방향을 따라잡아야한다. 이제 우리도 감 잡았다. 돈의 시속도 알았고 은신처도 알았다. 소파도 먼저 앉아야 주인이고 돈도 재료를 굴려야 임자가 된다. 충청도 말로 개갈(별 볼일 없음) 안 나지만 귀구멍에 탑새기 앉도록 들었다. 왕언니가 강옥을 앉혀놓고 다그쳤다.

"야, 배강옥, 세종 신도시랑 도청 이전 결정한 오빠가 누구냐?"

"어, 언니는 것도 몰류? 돌아가신 노오빠자뉴."

"오케이, 그 정신으로 청수모텔로 커피배달 미사일, 알았나?"

"넵, 옥황상제님."

왕언니는 유머에서도 늘 시간과 돈이 개입되어 있었다. 어차피 돈 벌러 나온 몸뚱어리 돈의 표적을 따르고 목적을 위해서는 수단과 방법도 가리지 말아야 한다는 것이다. 남자는 무조건 오빠다. 국회의원도 오빠 대통령도 오빠로 통해야 남자들이 좋아한다. 인간이 멸종되지 않는 한 남자는 공격형이고 여자는 소극적이란다. 남자는 할아버지의 고조할아버지도 늑대라 했다. 산전수전 다 겪은 왕언니는 인정 많은 선배 같기도 하고 때로는 친언니 같기도 했다. 우리는 왕언니 위로를 받아가며 다방에서 차를 팔기 위하여 몸까지 배달하는 레지다. 하지만 부끄럽지 않다. 자식들 군대 보내지 않아도 국회의원 해먹고 세금 포탈이 들통났어도 대통령 해먹는 그들보다 우리가 더 떳떳하다고 왕언니는 주장한다. 우리들은 그저 한 스테이지의 공연을 나가든 배달을 나가든 돈하고 몸하고 바꾸면 그만이다.

총알택시가 평택을 휘돌아 새벽을 깨우며 다시 덕산에 도착했다. 개같이 벌어서 정승같이 써야 할 돈 삼십만 원을 길바닥에 뿌렸다. 새끼가 김밥과 빵을 먹고나더니 어미 가슴에 안긴 채로 죽은 듯 잠들었다. 보따리 둘러매듯 새끼를 등에 업고 열쇠로 현관문 구멍을 쑤셨다. 찰칵 소리가 났다. 한발 들어서는데 어, 화폐 만드는 소리가 들렸다. 강옥이 사지 비틀어지는 신음소리다. 갑자기 열이 확 뻗쳤다. 외나무가지 끝에 앉은 잠자리 잡는 시늉으로 고양이 걸음을 했다. 내가 무슨 권리로 열을 받는지 모르겠다. 분명 돈 때문이겠지만 손비처리도 감안하지 않고 재료를 너무 함부로 내돌리는 건 아닌가 싶었다. 공사 현장이 무지 소란스러웠다. 뜨거운 커피 잔 다루듯이 가만가만 방문을 열었다. 새끼를 조심조심 눕히면서 잠든 모습을 보았다. 불쌍했다. 강옥이년도 재료 잘못 돌리다가 나처럼 가여운 새끼를 만드는 건 아닐까 걱정스럽다. 한편으론 질투도 났다. 내가 시들어가는 꽃이라면 강옥은 피는 꽃이었다. 강옥이 방은 고추방앗간 돌아가듯 잘도 돌아갔다. 이 시간에 누가 강옥이년을 저토록 잡도리하는 걸까? 혹시 불쌍한 시인 오빠? 푸념을 털어놓던 강옥의 말이 재생버튼을 누른 것처럼 떠올랐다.

"언니, 시인 오빠 이짜나, 그 오빠 왕 불쌍이다."

"오잉, 웬 불쌍?"

"어 이짜나, 시골에 혼자 와서 혼자 밥해먹고 혼자 빨래하고 혼자 청소하고 혼자 시 쓰며 혼자 살아가는데 졸라 불쌍해."

"그래서 몇 번 줬냐?"

대답이 없었다. 강한 부정은 긍정이던가. 최소한 몇 번은 공연을 했다는 표정이었다.

"시인은 돈도 없고 거시기 하다며 뭐할라꼬 줬냐?"

"하이고 언니 개피스럽기는, 돈보다 사람 맘이 문제지, 그리고 그 오빠 이짜나, 지금은 돈도 없지만 천만 원짜리 새로 당선되면 절반은 나 준댔어."

강옥은 시인 오빠를 정말 좋아하는 눈치였다. 시인은 진정성이 있대나 어쨌대나, 푹 빠져 있었다. 과거에 내가 병기에게 미쳤던 것처럼 지금 강옥이도 시인에게 서서히 물들어가고 있었다. 세월 가는 소리 속에 꽃이 피고 지듯 지구는 돌아갔다. 보증금도 없이 내 집에 얹혀사는 년이 겁도 없이 남탱이를 뺀질나게 달고 들어와 화폐로 교환했다. 전에 한번 공연을 너무 자주 나간다고 지청구를 줬더니 엄마가 위독해서 돈이 필요하다는 것이다.

"언니, 우리 엄마가 다 죽어가, 난 돈이 필요해요."

"엄마, 엄마가 왜?"

"엄마가 폐병으로 섬에서 요양하고 있거든요."

"섬? 어느 섬?"

"욕지도."

오잉? 내 아버지가 두 번째 여자와 같이 살고 있다는 그 섬? 그렇다면 혹시 그 여자의 딸? 아, 씨발 피곤하다. 눈을 감고 잠을 청했다. 첵, 첵, 첵. 또다시 초침이 아침을 열었다. 강옥이 아침을 차려 놓고 거실을 서성거렸다. 눈이 마주쳤다.

"언니 엊저녁에 어디 갔었어? 곧바로 들어왔는데 언니가 없데?"

새빨간 거짓말이다. 내가 저처럼 한 스테이지 뛰고 늦게 들어온 줄 아는 모양이다. 강옥의 치맛자락이 펄럭였다. 모발이 바닥으로 떨어진다. 섹스 냄새가 났다. 이년아 너는 초저녁부터 공연 나갔다가 나 없는 사이 들어왔고 이 언니는 재료 잘못 돌린 대가로 새끼 찾아서 새벽에 오니 너는 화폐교환하고 있더라. 나는 목구멍까지 차올랐던 말을 삼켰다. 새끼는 쿨쿨 잠들었다. 강옥의 핸드폰이 길게 울렸다.

"구멍난 가슴에 우리 추억이 흘러 넘쳐……. 잡아보려 해도 가슴을 쳐봐도 손가락 사……."

왕언니 전화였다.

"씨발년들 빨리 출근 안하고 멋들 하는겨어?"

"네 언니 지금 미술 다 그렸시유."

친언니처럼 자상하다가도 조금만 늦으면 씨발이 입에 붙었다. 어젯밤 설쳐대느라 늦었다. 강옥이와 나는 비로소 콤팩트를 열고 얼굴에 분을 찍어 발랐다. 가방을 둘러맸다. 자, 출발이다. 세상 오빠들아 기다려라 열쇠구멍 나가신다.

가이

바람 한 점 없는 베란다였다. 화분에서 자라는 대나무 이파리가 파르르 떨어댔다. 하도 이상해서 눈을 동그랗게 뜨고 다시 보았다. 여전히 흔들렸다. 도대체 뭘까? 나는 마시던 커피 잔을 테이블 위에 올려놓고 가까이 다가가서 자세히 살펴보았다. 거미였다. 녀석은 대나무 줄기를 타고 살금살금 기어 올라가고 있었다. 세상에 21층 아파트에 거미가 다 기생하다니. 녀석은 멈칫멈칫 하다가 자신의 항문에서 나오는 거미줄을 타고 아래쪽으로 죽 내려왔다. 대나무 가지와 화분 모서리 사이로 가느다란 거미줄 한 가닥이 연결되었다. 눈 깜짝할 사이였다. 신기하다기보다 신비스러웠다. 이번에는 방금 친 줄을 타고 올라가더니 대각선으로 폴짝 뛰어내렸다. 어째 날개도 없는 녀석이 허공을 유연하게 날아다닐 수가 있을까? 꼭 마술을 부리는 요술쟁이 같기도 하고, 집을 짓는 목수 같기도 했다. 녀석은 부지런히 그물을 치기 시작했는데 이상하게 내 집이 조금씩 파괴되는 기분이었다. 녀석은 날줄을 얼기설기 만들어놓고 잠깐 쉬었다가 씨줄은 중앙에서부터 차곡차곡 이어나가고 있었다. 꼭 뜨개질 하는 여인처럼 디테일하면서도 재바른 움직임이었다.

나는 김장 배추를 절여놓고 커피를 홀짝거리며 베란다로 다시 나가 보았다. 그것도 건축물에 속하는지 이음새 부분을 탄탄하게 이어나가더니 기어이 공사를 끝마친 모양이었다. 녀석은 동그란 깔때기 형으로 말린 나뭇잎 둥지 속으로 쏙 들어가버렸다. 공사 기간으로 치면 아마 두어 시간은 걸린 듯했다. 높은 곳에서 망원경으로 면밀히 관측하는 병사처럼 안쪽에서 바깥쪽을 관찰할 모양이었다. 뛰어난 계략꾼 같기도 하고 지략꾼 같기도 했다. 거미가 대나무 이파리 속으로 숨어버리자 재미있는 단막극이 끝난 기분이었다. 음흉스레 덫을 만들어놓고 먹이를 구하는 거미의 특이한 사생활을 넋 놓고 본 셈이었다. 나쁜 놈! 내가 온갖 정성을 들여 가꾼 화초에 녀석이 내 허락도 없이 침범하는 바람에 기분이 썩 좋지 않았다. 녀석을 잡아 죽일까? 생각하다가 아침에 거미를 보면 재수가 좋다고 하던 외조부 말이 떠올라서 일단 살생은 하지 않았다. 어떻게 보면 우매한 놈이었다. 지천에 넓은 땅 다 놔두고 하필이면 남의 아파트 주거공간에 터를 잡을 게 뭐람? 하면서 나는 속으로 투덜거렸다. 그리고 김장할 고춧가루를 찾는데 전화벨이 울렸다. 고향 하회 아줌마였다.

“경희야, 샘터 댁이 기어이 죽었다.”

먼 곳으로부터 메아리쳐오는 울림처럼 아득했다. ‘기어이 죽었다’라는 말끝에 가슴이 철렁 내려앉았다.

“어떡하죠? 제가 내려가야 하나요?”

나는 엉뚱하게도 반문을 하고 말았다.

"야가 무신 소리를 하는동 몰쎄, 이제는 너밖에 없는데 당연히 니리와야제……."

하회 아줌마가 불쾌감을 섞어가며 힐책 하듯 큰 소리로 말했다.

샘터 댁이 죽었다는 기별에 왜 이렇게 허둥거리게 되는지 알 수 없었다. 남편은 내 속을 뒤집어놓고 집나간 지 오래다. 아예 딴 살림까지 차리고 사는 사람을 이제 와서 같이 내려가자고 말하기도 좀 그렇고 내키지도 않았다. 샘터 댁은 내 아버지의 또 다른 여자였기 때문에 솔직히 말하자면 남편하고는 아무런 관계도 없었다. 무엇을 어떡할지 몰라 허둥대다가 급한 대로 휴가 나온 아들을 데리고 가야겠다는 생각이 들었다. 아들이 잠자는 방문을 열었다. 군대생활에 피곤했던지 아들은 늦잠에 코까지 골고 있었다. 아들 녀석을 깨울까, 말까? 잠시 망설였다. 샘터 댁이 아버지 두 번째 여자라는 걸 알려주는 꼴이 되고 말 것 같아서였다. 하지만 어쩔 수 없었다. 샘터 댁이 내 엄마가 버젓이 살아있음에도 불구하고 비집고 들어와서, 아버지를 꿰차고 살았으니 부인할 수 없는 사실이었다. 아버지가 그 외딴곳에 새집을 지어놓고 새 여자와 살고 있었을 때 나는 그 여자를 증오하고 반항하며 얼마나 앙탈을 부렸는지 모른다. 그러나 결과는 실패로 돌아갔다. 이제는 다 지나간 옛날이야기에 불과하다. 내 아들이 아버지 불륜의 사실을 모르면 좋겠지만 알아도 아들 인생에 참고가 될지 모른다는 생각도 들었다. 아들 녀석이 덮은 이불 한 가운데가 불쑥 솟아올라 있었다. 남자 아니랄까봐 성인이 다 됐다는 증거나 다름없었다. 순간 움찔했다. 아니 어미였어도 민망했다. 아기였을 때는 울어도 예쁘고 똥을 싸도 귀엽기만 하던 녀석이 저렇게 불쑥 커버렸다. 기저귀를 갈아 채울 때마다 깨물어주고 싶을 정도로 예쁘기만 했었고, 귀여운 노리갯감 같았던 고추가 자라서 이불을 불쑥 솟구쳐 올리고 있었기 때문이다. 귀중한 보석 다루듯이 자그만한 고추를 쓸어올리며 애지중지 감싸주던 기억도 이제는 가물가물하기만 하다. 아들 녀석도 지아비를 닮아서 혈기가 넘치는 모양이었다. 콧날이 오뚝하고 귓밥은 부처상에다가 허우대도 지아비보다 훨씬 늘씬하다. 그러고 보니 어딘가 모르게 능글맞아 보이기도 했다. 씨도둑은 할 수 없다더니 다식판에 박아낸 듯 극명하게 똑같이 닮은꼴이었다. 혹시라도 남편처럼 바람피울까봐 걱정이 되기도 했다.

내 아버지도 그랬다. 샘터에 집을 짓고 여자를 데려다 놓았던 가장 큰 이유는, 그놈의 고추달린 자식하나 보기 위해서라고 했다. 그러나 속셈은 달랐다. 마을 사람들은 여자 밝힘증이라며 흉을 보곤 했었다. 암탉이 수탉에게 이리저리 사방으로 끌려 다니며 먹이를 찾아다니듯이 샘터 댁도 죽으나 사나 아버지 곁에서 서식할 수밖에 없었다. 샘터 댁은 동네에 온갖 욕설과 손가락질의 대상이었지만 욕을 먹어가면서도 용하게 잘 버텨냈다. 아버지의 새 여자를 어머니가 가장 미워했던 것은 당연지사였고, 그 다음으로 제일 미워했던 분이 바로 하회 아줌마였다. '인간의 탈을 쓰고 어디가면 못살까, 우리 같으면 임자 있는 자리 넘보다가는 하늘이 무서워서 못살겠구먼' 하면서 험담을 하곤 했다. 아니 대놓고 미워했었다. 하회 아줌마는 내 친구 혜정이 엄마였다. 엄마랑 둘도 없이 친했던 사이다. 그런데도 하회 아줌마가 샘터 댁의 부고를 알려왔고, 알려 왔기 때문에 내가 고향으로 내려가야만 했다. 친구 만나기로 되어 있다며 투덜대는 아들을 다독여서 운전석에 앉혔다.

내가 초등학교에 입학하던 그해 가을, 아빠는 풍을 맞아 팔을 쓰지 못할 정도로 구부러졌다. 하루는 불편한 팔 때문에 내 손을 빌리려 했던 것이다.

"경희야, 저거 들고 샘터에 좀 가자."

저거는 비린내 나는 공치였다.

"싫어이, 안가."

나는 단번에 거절했다. 그전에도 몇 번 따라 간적은 있었지만 그날은 아빠의 여자 집에 가고 싶지 않았다. 가기 싫다기보다 엄마를 두고 새 여자와 살기 위해 새집을 짓고 살아가는 아빠에 대한 나름대로의 반항이자 앙탈이었다. 엄마와 하회 아줌마는 그 여자를 보고 꼬리가 열두 개 달린 여우라고 말했다. 나는 그런 여자도 밉고 아버지도 싫었기 때문에 생떼를 쓰고 반항하며 거절했다. 그러나 거절이 화근이었다. 아빠가 갑자기 부르르 떨어댔다. 지팡이를 짚고 어기적어기적 엄마 앞으로 다가갔다. 딸 하나 있는 거 반듯하게 못 가르친다며 쌀쌀맞은 눈빛으로 쏘아붙였다. 차라리 한 대 때리는 것보다 더 무서운 힐책이었다. 엄마는 고양이 앞에 쥐처럼 꼼짝도 못하고 도리어 나를 째려보았다. 싸늘하고 찬 공기가 감돌았다. 무서웠다. 그러더니 엄마가 부엌에서 메주 쑤던 부지깽이로 느닷없이 문지방을 쾅 내리쳤다. 나는 깜짝 놀랐다.

"이년이 어디서 아부지 말을 거역해, 어서 앞장서지 못할까?"

마당에서 모이를 쪼아 먹고 놀던 닭들이 깜짝 놀라 한쪽 다리를 들고 사방을 살피고 있었다. 어디로 가야 할지 우왕좌왕 당황하는 표정이었다. 쾅! 하는 소리를 듣고 무슨 일인가 싶어서 마루로 나온 외할아버지도 어리둥절한 눈빛으로 사태를 지켜보고 있었다. 나는 외할아버지를 간절하게 쳐다보았다. 상황이 바뀔 수도 있다는 기대를 걸었다. 그러나 아니었다. '애 앞에서 잘 한다.' 그 말만 하고는 엄마와 아빠를 번갈아 쏘아보다가 사랑방 문을 쾅 닫으며 도로 들어갔다. 사방에서 개짖는 소리가 들렸다. 갈피를 잡지 못하던 수탉이 두 마리의 암컷을 데리고 안전지대를 찾지 못해 이리 갈까 저리 갈까 살피고 있었다. 나는 그때서야 내가 뭘 잘못했는지 다시 한 번 생각해보았다. 도무지 알 수 없었다. 잠시 뒤 외할아버지가 옷가지를 담은 빛바랜 가방을 들고 마루로 나왔다. 우리 집을 나가겠다는 뜻이었다. 하지만 외할아버지는 갈 곳이 없었다. 자식이라곤 엄마 하나뿐이었다. 허리가 꾸부정한 노인이 집을 나가겠다며 서둘렀다. 일종의 시위였다. '내가 어디가면 못 살줄 아나, 차라리 혼자 사는 게 낫겠다' 하면서 툇마루에서 한발 내려섰다. 갈 곳 없는 외할아버지의 마음을 나는 알고 있었다. 엄마가 눈물을 안으로 꾹꾹 누르며 외할아버지 가방을 빼앗았다. 나도 외할아버지한테 매달려 울었다. 인자하고 공부도 잘 가르쳐주던 외할아버지가 가버리면, 가장 손해 볼 사람은 나였기 때문이다. 그때서야 비로소 아버지도 멋쩍었는지 고개를 숙이며 용서를 빌었다. 외할아버지가 쭈뼛쭈뼛 하다가 사랑채로 도로 들어갔다. 나 때문에 일어난 연쇄반응이었지만 솔직히 외할아버지가 동구 밖에까지 나갔다가 들어왔어도 될법한 일이었다. 아니 그 정도라도 엄포를 놓았더라면, 뭐가 달라져도 확실히 달라졌을지도 몰랐다. 나는 그렇게 생각했었다. 외할아버지는 꼭 웅석받이 어린아이처럼 먹었던 마음을 금방 철회하고 말았다. 실망이었다. 결국 나는 샘터 고갯마루까지 가야만했다. 엄마가 신문지에 돌돌 말아 싼 꽁치를 내 손에 들려주며 온 몸을 부르르 떨면서 옥양목 치마로 눈물을 찍어냈다. 엄마도 아빠도 미웠다. 나는 어쩔 수없이 냄새나는 꽁치를 들고 쫄랑쫄랑 앞장섰다. 아빠는 왼손으로 지팡이를 짚고 오른손은 가슴 쪽으로 구부린 채로 신발을 질질 끌면서 내 뒤를 따라 걸었다. 아버지는 금방 분노가 금방 가라앉은 얼굴이었다. 나는 어미소 앞질러가는 송아지처럼 팔짝 팔짝 뛰면서 오른발 왼발 번갈아 바꿔가며 투 스탭으로 걸었다.

"송아지, 송아지. 어얼룩 쏭하지. 엄마소도 얼눅 쏘오. 엄마아 다알 맛네."

방금 전에 혼나던 것도 다 잊어먹었다. 제법 큰 소리로 학교에서 배운 노래를 불렀다. 팔딱팔딱 뛰다가 걷다가 아빠가 어디쯤 오는지 다시 뒤돌아보았다. 뒤따라오기는 했지만 가까이 오려면 아직 멀었다. 나와 눈이 딱 마주쳤다.

"경희야, 천천히 가자."

힘이 부치는 모양이었다. 나를 앞장세웠다는 것에 대한 만족감 때문인지 뭔지 몰라도 아버진 속엣 웃음을 흘렸다. 그 여자에게 꽁치를 줄 수 있다는 기쁨의 미소였을지도 모른다는 생각이 들었다.

아빠는 정말 나를 귀여워했다. 하지만 나는 아빠가 좋으면서도 좋아하는 표정을 짓지 못했다. 샘터 여자를 좋아하는 아빠가 너무너무 미웠기 때문이다. 저만치 앞장서서 가다가 또 한 번 뒤돌아보았다. 아빠의 오른손이 눈에 확 들어왔다. 아빠의 구부린 오른손이 내가 학교에서 배운 니은(ㄴ)자 하고 똑 같았다. 나는 큰 소리로 니은 하고 읽었다. 전에 같으면 아빠 앞으로 쪼르르 달려가서 '아빠, 아빠 팔이 니은 자도 된다' 하고 애교를 떨었을 테지만 그날은 애교가 아니라 짜증도 나고 속이 상해서 도무지 애교를 떨어대고 싶지 않았다. 나는 비릿한 꽁치 냄새를 맡으며 엄마를 원망했다. 아니 속이 상해 죽을 뻔했다. 자기도 여자이면서 아빠의 새 여자에게 줄 꽁치를 딸내미 손에 들려주었다는 게 못마땅했다. 아니 말도 안 된다고 생각했다. 내가 철들기 전에 이미 고갯마루에 샘터집이 들어섰고, 집이 들어서면 거기 누가 살게 될 것이라는 것 까지도 엄마는 알고 있었을 것이다. 어째서 묵인 할 수 밖에 없었는지, 그 점에 대해서 나는 이해 할 수가 없었다. 엄마도 아빠도 밉고 샘터 집에 들어앉은 그 여자는 더욱 미웠다. 아니 내 힘으로 할 수만 있다면 아주 먼 곳으로 보내고 싶었다.

그 어수선하고 지겨웠던 초등학교 시절이 지나가고 중학교 일학년 때였다. 생리를 처음했다. 아랫마을 혜정에게 생리를 어떻게 처리하는지 물어보러 갔다가 혜정이네 친할머니를 보고 가족 관계를 알게 되었다. 아빠가 외할아버지를 모시지 않아도 될 상황인데도 외할아버지는 아들이 없었기 때문에 어쩔 수 없이 엄마가 모실 수밖에 없었다는 걸. 친 자식이 아닌 사위가 모셨던 것에 대하여 아버지는 탐탁지 않아했으면서도 억지로 모셨던 것이다. 아빠가 엄마에게 쌀쌀한 눈빛으로 부라리는 가장 큰 이유가 아들 하나 낳지 못했다는 이유라는 걸 나는 알았다.

그날 내가 아빠의 새 여자가 살고 있는 마당으로 들어섰을 때였다.

그 여자는 코고무신을 꿰차는 둥 마는 둥 뛰쳐나왔다. 호들갑을 떨어대며 아버지와 나를 맞이했다.

"하이고, 우리 갱희 어서오이라. 시상에 뭘 이리 마이 들고 오노? 행님도 인자 맴이 돌아섰는 갑다."

혼자 중얼거렸다. 살아가는데 가장 필요한 것도 음식이고, 가장 추레하게 만드는 것도 음식 끝에 있다는 말이 하나도 틀리지 않았다. 내가 건네지도 않은 꽁치를 그녀가 뺏다시피 받아들고서는 엄마를 '행님'이라고 불러대는데 온 몸에 소름이 확 끼쳤다. 나는 대답도 하지 않은 채 쌀쌀맞게 홱 돌아서고 말았다. 쌀쌀맞게 굴어도 그 여자가 화를 내지 못할 거라는 것까지 나는 알고 있었다. 그 여자는 꽁치를 부뚜막에 얹어놓고 내 뒤 따라오는 아빠를 반갑게 맞이했다. 지팡이를 받아서 처마 끝에 기대놓고서는 아빠 겨드랑이를 부축해서 안방으로 끙끙거리며 모시고 들어갔다. 반가워서 어쩔 줄 모르는 얼굴이었다. 지금 생각해보면 그녀가 그렇게라도 서식할 수밖에 없는 최후의 수단이자 방법이었는지도 몰랐다. 절간처럼 고요했던 그 고갯마루의 외딴 집에서, 그 여자는 한 남자가 오기만을 그렇게 간절하게 기다릴 수밖에 없는 외로운 여자에 불과했다.

샘터 집 아래쪽으로 당산나무 두 그루가 있었다. 일 년 내내 새끼줄에 하얀 한지가 끼워진 채로 금줄이 묶여 있었다. 몇백 년 묵은 고목나무였는데 근엄하게 묶여 있었던 새끼로 만들어진 금줄. 그 금줄을 볼 때마다 무서웠다. 그 어둡고 침침한 당집 위로 지은 집이 아버지로서는 천하의 보금자리였을지 모르겠으나 마을사람들에게는 그 여자가 멸시의 대상이었다. 마을에서 그녀와 한 편이 되어주는 사람은 아무도 없었다. 그래서 그녀는 오로지 아버지만을 기다릴 수밖에 없는 외로운 여자였다. 타는 가뭄 끝에 절실히 비를 기다리는 달팽이처럼 아버지만을 기다리는 여인이었다.

"이봐, 우리 경희 맛있는 거 좀 해멕여라."

"야, 알았니더. 그래 우리 갱희 머주꼬, 맛있는 사탕부터 주까?"

나는 못 들은 척했다. 그녀가 거처하는 방에 들어가지도 않았다. 나는 똥마려운 강아지처럼 마당을 빙빙 돌다가 화장실 옆에 있는 잿더미에다 가래침을 탁 뱉었다. 경희를 '갱희'로 발음하는 여자가 내 엄마보다 나을 것도 없을 뿐만 아니라 내가 보기에는 요망스러운 마귀 같았기 때문이다. 여자를 둘씩 데리고 사는 아빠도 원망스러웠다. 사람들 보기에 부끄러움의 대상이라는 것도 그 무렵에 알았다. 아이들이 '경희 아부지는 첩을 데리고 산데요. 엄마가 둘이래요' 하고 놀려댔다. 그럴 때마다 나는 아무도 몰래 숨죽여 울곤 했었다. 목적은 아들을 얻기 위해서라고 아빠만의 주장이었지만, 마을 사람들은 여자를 밝히는 바람둥이라고 흉을 봤다. 종갓집 맏이였던 아빠는 큰 일꾼 작은 일꾼까지 두고 모든 일을 지시하고 거느리기만 했다. 그날 그 여자는 윤기가 자르르한 하얀 쌀밥을 지어냈다. 참기름이 동동 뜨는 두부찌개와 다진 마늘을 넣고 고춧가루를 빨갛게 뿌린 꽁치 찌개를 맛깔스럽게 차려냈다. 해서도 안 되는 부녀간의 겸상을 차려놓고는 그 여자는 방바닥에서 밥을 먹었다. 아빠가 왼손으로 내게 숟가락을 쥐어주며 '마이 먹어라' 했다. 나는 밥 먹기 싫다는 표정으로 고개를 가로 저으며 뭉그적거렸다. 내 눈치를 알아챈 그 여자는 아빠를 쳐다보며 어쩔 줄 몰라 난

감한 표정을 지었고, 아빠는 밥 먹기 싫으면 집에 가라며 내게 퉁명스레 말했다. 가라고 했음에도 나는 기분이 좋았다. 거기에는 내가 있어야할 곳이 아니라 엄마가 있는 곳이 곧 내 집이라는 걸 아빠가 집에 가라는 말 한마디로 결정적인 확인이 되었기 때문이다. 여자가 벽장에서 사탕을 꺼내어 내 주머니에 넣어주려고 했을 때였다. 나는 사탕도 받기 싫어서 몸을 배배 꼬았다. 여자는 내가 사탕을 받아도 먹지 않을 거라는 걸 뻔히 알면서도 내 주머니에 쑤셔넣었다. 나는 아버지 앞이어서 어쩔 수 없이 체념하고 있었지만 죽어도 사탕을 먹지 않을 생각이었다. 아버지와 여자가 먹으려고 사다놓은 군것질의 사탕은 갑자기 내 소유물이 되었다. 그 여자는 사탕을 나에게 주는 것으로 할일이 끝나버렸고, 나는 그녀에게 사탕을 받음으로써 더 이상 머무를 필요가 없어졌다. 집으로 가겠다는 눈빛을 던져놓고 돌아섰다. 그 여자가 있는 곳에서는 끝까지 아빠라고 부르고 싶지도 않았다. 단 한마디도 하지 않은 채 샘터 집을 나와 버렸다. 당산 나무쪽을 향해 타박타박 걸음을 놓았다.

나무 아래에는 너럭바위가 있었다. 그곳에다가 방금 받은 사탕을 몇 개 올려놓았다. 아빠의 그 여자가 도망 가버리든지 혹은 콱 미쳐버리든지 무슨 사단이 나기를 제를 올리는 심정으로 간절히 빌었다. 그리고 사탕을 길가에 하나씩 하나씩 뿌렸다. 그 길에 버려진 사탕을 그 여자가 발견하고 깜짝 놀라기를 바랐다. 내가 일부러 버렸다는 것이 들통이 나고 아빠가 다시 얼굴이 벌게 가지고 '이 못된 년' 하고 엄마를 째려보는 한이 있을지라도 나는 그렇게 반항하고 싶었다. 아빠의 그 여자에게 내가 싫어한다는 반항의 결의 같은 거였다. 아무리 맛있는 사탕이라도 당신이 주는 건 뭐든지 안 먹는다는 굳은 결심이 그 여자에게 전달되기를 간절히 바랬다. 사탕을 버리다가 빠닥빠닥한 은박지를 풀어보았다. 알록달록한 분홍색 눈깔사탕이었다. 혀끝으로 살짝 대보았다. 아주 달았다. 달았어도 퉤하고 뱉어냈다. 타박타박 산모퉁이를 돌아서 걷는데 아버지 때문인지 가슴이 애잔하면서 울컥 눈물이 흘러내렸다. 아빠와 나 사이가 점점 멀어지는 기분이었다. 오솔길을 걸으면서 까닭 없이 슬프고 외로웠다. 길가에 은행잎이 떨어져 온통 노랬다. 은행잎을 보는 순간 가슴이 설레어서 길바닥에 쪼그리고 앉아 버렸다. 아빠가 미워죽겠는데도 미워해서는 안 될 것 같기도 하고, 그리워하면서도 그리워해서도 안 될 것 같았다. 이럴 수도 저럴 수도 없었다. 이상하고 얄궂은 마음에 은행 이파리를 깔고 앉아서 엉엉 울고 말았다.

그 여자가 끝내 아이를 낳지 못하자 아빠는 사촌 오빠를 기어이 입적시켰다. 숙모는 입적 시켜놓곤 땅 두 마지기 밖에 주지 않는다며 동네방네 흉을 보곤 했었다. 아빠의 꿈은 이루어지지 않았다. 사랑의 에너지도 세월 때문인지 식을 대로 식었고, 무엇보다 몸이 아파서 꼼짝도 못하고 자리보존하고 말았다. 동네 사람들 말마따나 벌을 받아서 그런지 세월이 그렇게 만든 것인지 몰라도 아버지는 문밖출입을 하지 못했다. 날이 어두워질 무렵 길에서 숙모와 마주쳤다.

"경희, 니 어디갔다가 인제오노?"

숙모는 내가 아빠 약 지으러 갔다 오는 걸 빤히 알면서도 시침을 떼며 내게 물었다. 마을 사람들은 모두 당산나무 위쪽에 집을 짓지 말라고 말렸다고 했다. 아빠가 중풍으로 쓰러진 것도 당산나무 위쪽에 집을 지었기 때문에 벌 받은 거라고 악담을 해댔다. 부정을 탔고, 부정을 탔기 때문에 벌 받은 거라며 저주의 입놀림을 한 것도 숙모였다. 그런 일이 있기 전이었다. 사촌 오빠랑 내가 고갯마루 샘터 집에 뻔질나게 들락거렸다. 잘 휘어지는 버드나무를 꺾어다가 동그랗게 말아가지고, 잘 휘어지지 않는 대나무 막대기에 붙들어 매면, 그럴듯한 잠자리채가 되었다. 샘터 집 거미줄을 걷어다가 잠자리나 매미를 잡곤 했다. 고갯마루 샘터 집은 외따로 떨어진 곳이어서 그랬는지, 서식하기 좋은 환경이었는지, 아무튼 거미줄이 그렇게도 많았고 곤충들도 많았다. 화장실이 있는 뒤란으로 살금살금 들어가 그 여자의 신발이 있으면 사촌 오빠만 들어가서 거미줄을 걷었고, 그 여자 신발이 없으면 나도 같이 따라 들어가 거미줄을 걷어오곤 했었다. 언덕을 내려가면서 마을의 수호신이라는 당산나무를 바라보며 큰 절을 올리곤 했다. 그러면 공부를 잘하게 된다는 미신을 나는 믿었다. 그 믿음 때문인지 나는 정말 공부도 곧잘 했었다.

아빠는 풍을 맞고 몇 해 못가서 쓰러졌는데 온갖 한약을 다 써보았지만 다시는 일어나지 못했다. 집안이 온통 우울했다. 그때가 겨울이었다. 사촌 오빠는 연거푸 지방 대학마저도 떨어졌고, 나는 서울에 있는 대학에 합격해놓은 상태였다. 나에겐 황금 같은 시기였다. 엎친 데 덮친다고 외할아버지도 연세가 많아 자리보존만 하고 있었다. 옷을 벗겨서 말끔하게 목욕을 시키고 밥은 떠먹여 주어야 지탱했던 외할아버지였다. 그런 외할아버지를 나비 두고, 엄마는 아빠를 일으켜 세워야 한다며 봄이 되자 봄나물을 뜯으러 미친 듯이 들판을 쏘다녔다. 뜯은 나물을 콩가루에 무쳐서 샘터까지 반찬을 해 날랐다. 내가 보기에는 풍을 맞아 니은자가 된 아버지의 팔이 일자로 다 펴진다고 해도, 샘터 집을 지키는 날이 많으면 많았지 어머니가 아버지를 빼앗아 오기는 글러먹었지 싶었다. 그런데도, 뭐가 씌었는지 엄마는 변함없이 나물을 뜯으러 다녔다. 엄마가 눈감기 바로 직전까지 그렇게 늦부지런을 떨기도 했었다. 하회 아줌마는 정 떼려고, 귀신 씌었다며 혀를 끌끌 차며 말했다. 아버지가 풍을 맞은 것이 정말로 벌이었을까. 말짱하던 엄마마저 심장마비로 눈을 감았다. 앞이 캄캄했다. 엄마 손이 절실하게 필요할 때 엄마는 하늘나라로 가고 말았다. 엄마의 죽음으로 인해서 내가 외할아버지를 모셔야 할 입장이 되고 말았다. 벅찬 부담이었다. 대학에도 가야하고 집안도 건사해야 해야 하고 숨이 콱 콱 막혀 죽을 지경이었다.

"거봐라, 내가 뭐라캤노, 윤명호 거어 당곳에 집 지으면 안 된다고 했잖나."

길흉화복의 근원을 잘 알고 있는 어른들의 비방이었다. 사실은 풍수지리에 밝은 외할아버지의 말씀이었는데 말하기 좋아하는 마을 사람들의 입방아였다. 듣기 싫은 입방아는 무슨 일이 있을 때마다 토를 달았고 덕담을 해도 악담으로만 들렸다. 아버지는 당신 아내가 죽었는지 살았는지도 모른 채 고갯마루 샘터 집에 꼼짝도 못한 채 누워만 있었다.

엄마 장례식에 그 여자가 제물을 죄다 준비했다. 제물 말고도 모든 일을 척척 꾸려 나갔다. 종갓집이라 한 달에 한두 번씩 치르는 제사 때마다 그 여자가 와서 엄마 일을 거들어 주곤 했었다. 그러나 정작 엄마의 제사상에 올릴 제물을 그 여자에게 맡기는 건 모양새가 영 아니었다. 하지만 나는 아무 말도 할 수 없었다. 자구책으로 해결할 능력도 없었다. 나보다 하회 아줌마가 묵인하면 그냥 넘어갈 수밖에 없었다. 그런데 문중 어른들은 두 패로 갈라졌다. 외할아버지 수발을 누가 들어야 하는가를 놓고 입씨름까지 했다. 장례를 치르는 건지 입씨름 하러 온 건지 알 수 없었다. 의견은 샘터 집을 비우고 아빠도 그 여자도 본가로 들어와야 한다는 거였다. 된다, 안 된다,를 놓고 말다툼이 이어지자 그 여자가 본집으로 들어와야 한다는 결론을 하회 아줌마가 결정했다. 그런데 꼬장꼬장한 선동어른이 태클을 걸었다.

"벨 걱정 다하네, 여식아 학교해서 뭐하노, 다 큰 외손녀가 거두치누가 거둔노?"

"하이고 선동어른도 경희 자가요, 그 어려운 대학에 붙었니더. 자를 우째튼동 대학 시키야지 무슨 애무섭은 소리를 그리 하니껴? 말이라도 똑바로 하시더."

"그러면 자아 외조부는 누가 건사 하니껴?"

"모르면 고마 가마 계시이소. 어찌 그리 눈치도 없니껴? 이 없으면 잇몸으로 사니더."

역시 하회 아줌마였다. 샘터 여자를 힐끔 곁눈질하면서 단호하게 잘라 말했다. 옆에 있던 어른들도 샘터 댁을 쳐다보았다. 어떤 반응을 보려는 뜻이었지만 여자는 아무 말이 없었다. 여자는 아빠가 쓰러졌을 때도 훌쩍 떠나가지 못했다. 해 저무는 논배미에서 끝까지 먹을거리를 찾아다니는 쓸쓸한 왜가리 같은 모습의 여자였다. 세월이 아무리 흘러도 자기편 하나 없이 벙어리 냉가슴 앓듯이 암울한 시간만 보냈던 여자였다. 아이를 낳겠다고 들어왔지만 정작 뱃속에 아이도 한 번 가지지 못했고, 오히려 무거운 짐을 떠맡은 격이었다. 게다가 마을 사람들에게 숱한 욕설까지 들어가며 인고의 세월만 보냈다. 그것이 운명이든 팔자든 이미 그렇게 된 이상, 그 여자에겐 아무런 권한도 명분도 없었다. 모든 걸 포기하고 살았을 것이다. 마을 사람들은 외조부를 걱정했다. 반대로 아버지에 대한 비난도 적지 않았다. 샘터 우물까지 뻘건 녹물이 솟구치는 이상한 징조가 일어났다. 사람들은 부정을 탔기 때문에 녹물이 흘러나온 거라며 이구동성으로 아버지 탓을 했다. 미신인지 속신인지 그 이후로 샘물은 먹지 못하게 되었다. 그게 다 신주 모시는 신당 위에다가 여자를 데려다 놓았기 때문이라고 마을 사람들은 말했다. 그래서 우물물의 변화도 아버지 때문이라며 못을 박았다. 권선징악의 대표적인 예로 아버지 행위의 대가가 엄마의 죽음으로 벌을 받은 것이라며 연결 지었다. 아버지의 쓰러짐도 당집 신을 모시지 않고 함부로 취급했다는 죄의 대가로 단정 지었다. 사람들은 장례를 치르면서 죽은 사람보다 산 사람 걱정을 더했다. 죽은 사람만 불쌍하단 말이 맞았다.

엄마의 장례식 때 함박눈이 하염없이 내렸었다. 하회 아줌마 말로는 내리는 눈이 엄마의 비통한 눈물이라고 말했다. 살아도 죽은 듯이 살았고 살면서도 죽은 듯이 살았던 엄마만의 희생은 그것으로 끝이었다. 종갓집의 대를 잇지 못한 죄로 온갖 욕설을 먹어가며 정신적 압박을 받아가며 살았던 엄마. 엄마의 인생은 누군가 다 마시고 버려진 빈

음료수 병처럼 껍데기에 불과했다. 엄마의 인생은 거기까지였다. 죽었어도 하회 아줌마 말고는 누구하나 진심으로 슬퍼하는 사람이 없었다. 어렸을 때였다. 반지그릇을 앞에 놓으면 내가 조르르 달려가 바늘에 실을 꽤주었고, 엄마 무릎을 베고 누워 낮에 나온 반달을 불러대곤 했었다. 엄마 치맛자락에서 야릇은 냄새가 풍겼지만 나에게는 그 야릇은 냄새가 그렇게 좋을 수가 없었다. 돌이켜보면 내 생의 가장 행복한 냄새였는지도 모른다. 생각하면 눈물이 나지 않을 수 없었다. 하관이 시작 되어도 고개를 숙이고 눈물만 흘렸다. '엄마' 하고 울부짖지도 못했다. 나는 마음속으로 '엄마'하고 불러보았다. 엄마는 대답하지 않았다. 소복을 입은 치마에 흙밥을 받아서 엄마의 시신 위로 뿌리라고 사람들이 시켰다. 결국 나더러 엄마를 파묻으라는 것 밖에…….

흙을 한 삽 떠주는걸 받아 쥐고 '취토합니다'라는 선언으로 엄마와 나의 인연은 끝나버렸다. 삶과 죽음의 공간적 배경과 시간적 배경. 땅위에 살아있는 사람들이 죽은 사람을 땅속으로 파묻어야 하는 의식과 절차. 삶은 무엇이고 죽음은 무엇일까……? 엄마의 봉분이 켜켜이 쌓이는 동안에도 희고 깨끗한 눈이 끝도 없이 내렸다. 엄마를 싸늘한 겨울 땅에 내손으로 묻어놓고 싸늘하게 등을 돌려야하는 그 절박한 현실 앞에 서있었다. 나는 엄마에게 해준 것이 아무것도 없었다. 노랗게 절인 배추 잎사귀를 입안에 넣어주면서 너도 이다음에 커서 엄마한테 맛있는 거 해오라며 다짐하던 엄마는 그 겨울이 끝이었다. 농담 같은 진담으로 훗날을 약속했던 엄마만의 꿈도 염원도 당신 스스로 져버리고 말았다. 내가 시집가서 맛있는 거 싸들고 갈 수 있는 기회마저 내게 허락되지 않았다. 모녀간의 애틋한 사랑도 나누지 못한 채 허무한 종말이었다. 젊은 시절부터 속을 썩였던 당신의 남편, 노환으로 수발을 들 수밖에 없었던 당신의 아버지, 그 짐들이 너무나 무거워 그렇게 빨리 갈 길을 서둘러 갔는지도 몰랐다. 엄마가 편한 곳으로 아주멀리 가버린 대신, 무거웠던 짐들은 절차도 순서도 없이 내가 떠맡아야 했다. 막막하고 답답하기만 했다. 긴 한숨을 몰아쉬기도 했었다. 사람들은 하나둘씩 하산을 했다. 경운기에 싣고 왔던 장비들까지 마을로 내려갔다. 원래 정이라곤 하나도 없는 작은 집 식구와 사촌 오빠도 서둘러 내려갔다. 상주랍시고 어머니 명정 앞에 세워놓았지만 눈물은커녕 슬픈 기색하나 없었다. 사촌 오빠를 입적시킨 결과가 고작 이것 밖에 안 되다니. 이 모든 것을 아빠가 알고 있어야 함에도 정작 당신은 아무것도 모른 채 누워만 있었다. 엄마가 죽었는지 살았는지 모른 채 아버지는 사람들 말 그대로 한심한 죄인이었다. 모두가 하산하고 나만 남았다. 세상에 온통 홀로 남겨진 외톨이 신세 같았다. 엄마 봉분 앞에 앉아 새삼스레 꺼이꺼이 울었다. 아버지는 그 여자가 건사하면 된다고 치더라도, 외할아버지는 그 여자와 아무런 관계도 없는 사람이었다. 사람들 말대로 외손녀인 내가 떠맡아야 하는데, 나는 정말이지 대학 합격통지서를 받은 상태였다. 대학에 등록하고 싶어 그 와중에도 안달을 했었다. 암울하고 싸늘한 겨울이 내 앞날을 가로막고 있었다.

엄마 봉분을 뒤로했다. 슬픔을 껴안고 내려왔다. 일상이 다시 시작되면서 엄마가 했던 것처럼 외할아버지 옷을 발가벗겨서 목욕을 시켜드렸고, 들기름을 친 미음을 한 술 한 술 떠먹였다. 불쌍한 외조부. 나는 차라리 죽고 싶은 심정이었다. 입학 날짜는 꼬박꼬박 다가오고 대학 갈 형편은 어렵기만 하고 정말이지 미칠 지경이었다. 입학 일주일

앞두고 하회 아줌마가 채근을 했었는지 그 여자가 집으로 들어왔다. 들어와서 엄마의 자리를 정식으로 차지했다. 차지했어도 부러움의 대상이거나 선망의 자리는 이미 아니었다. 어쩌면 스스로 덫을 쳐놓고 그 안에 갇혀버렸는지도 몰랐다. 수고스럽고 무거운 짐 덩어리를 스스로 떠맡은 셈이었다. 결과적으로 나는 그 여자가 집으로 들어옴으로서 대학을 다닐 수 있는 기화가 왔던 것이다. 그 여자는 엄마가 안고 있던 외조부의 짐까지 떠맡은 셈이었다. 내 몫을 고스란히 떠맡고도 조건 하나 달지 않은 채로 불평 한마디 없었다. 나는 대학을 다니는 동안 단 하루도 죄스럽지 않은 날이 없었다. 그 길고 긴 날들의 시간을 나열해 본다면, 지구를 몇 바퀴 돌고도 남을 시간 동안 여자는 덫에 걸려서 꼼짝할 수 없었던 주인공이 되고 말았다. 결국 그 여자가 살아 있었으므로 나와 함께 외조부도 땅에 묻었고 아버지도 땅에 묻을 수 있었던 것이다.

이제 그 샘터 댁을 내손으로 묻어 주는 것이 나의 도리였다. 하화 아줌마의 '야가 무신소리 하노'라는 힐난의 말씀이 새삼스레 떠올랐다. 맞는 말이었다. 나는 당연히 내려와야 했다. 그러나 샘터 댁도 덫에 걸렸고, 나또한 그물망에 결렸다는 생각을 지울 수 없었다. 내 남편도 아버지처럼 여자한테 빠져 그 그물 안에 맴돌며 살고 있지 않았던가. 아들에게 고갯마루에서 차를 잠깐 세우라고 했다. 오랜만에 보는 고향이었다. 여섯시 내 고향에 나올법한 당산나무도 잎을 달지 않고 있었다. 이미 오래된 모양이었다. 앙상하게 메마른 나뭇가지를 보는 순간 땅에서 자랐던 게 아니라, 하늘에 걸려 있었던 게 아닌가 싶기도 했다. 그냥 내 느낌이었다. 바람에 나부낄 이파리 하나 달지 못한 채 죽어 있는 듯했다. 저녁 이내가 은은히 골짜기를 메우고 있었다. 사촌 오빠와 거미줄을 걷어서 연당 둑에서 장수잠자리를 잡던 기억이 아련히 떠올랐다. 허공을 힘차게 날아다니던 생명을 거미줄이란 덫으로 잡아서, 결국 죽음으로 몰고 갔던 곤충 채집의 장소도 아슴푸레하게 떠올랐다. 엄마의 죽음 앞에 상주 노릇 한번으로 끝난 사촌 오빠를, 상품 물리듯 도로 데려간 작은 엄마도 세월에 묻혔고, 그 오빠 역시 농사일에 시달려 늙어가고 있었다.

마을 어귀로 들어섰다. 멀리 하회 아줌마가 나를 기다리고 있었다. 쪼글쪼글 했다. 곶감처럼 주름진 얼굴에 허리까지 굽어 있었다. 죄 짓고 어쩔 줄 모르는 사람처럼 차에서 얼른 내려 절을 했다.

"길이 막혀 좀 늦었니더."

"그래, 오니라고 욕봤다."

나는 아들을 차에서 내리게 한 다음 하회 아줌마에게 인사를 시켰다.

"누구로, 하이고 야가 니 아라? 하매 이리키 컸나 시상에."

마당으로 들어서니 숨이 콱 막혔다. 기다란 담뱃대로 가나다라 글자를 짚으며 가르쳐주던 외할아버지 모습이 먼저 떠올랐고, 마을에 하나밖에 없던 재래식 펌프 앞에 앉아 묵나물을 씻던 엄마가 금방 나타날 것 만 같았다. 아버지의 트집을 견디지 못하던 엄마의 모습이 떠올라서 눈물이 핑 돌기도 했다. 아버지가 트집 잡던 날은 어김없이 나에게 화풀이를 해댔고, 시간이 지나면 당신의 잘못을 잘못했다고 말하지 않았던 어머니. 꾀죄죄한 치맛자락 밑에서 사탕을 꺼내주며, 화풀이를 무마하려던 엄마 품이 왈칵 다가올 것만 같았다. 그뿐 아니었다. 샘터 댁이 병풍 뒤에 시신으로 누워 있다는 것마저 믿어지지가 않았다. 아버지 그늘 뒤에 숨어있었던 그녀. 그녀는 덫에 걸려서 허우적거리다가 생의 끈을 마지막으로 놓아버렸다. 차라리 고추 달린 아이 하나만 낳았더라도 그녀의 삶은 순탄했을지도 몰랐다. 하지만 모든 것은 뜻대로 되지 않았다. 그녀는 일생을 덫에 걸려 살았던 불쌍한 여인에 불과했다. 엄마의 눈총과 마을 사람들의 치욕적인 수모를 받아가며 살았던 샘터 댁 그 여자. 엄마보다 더 지극정성으로 외할아버지를 모셨던 샘터 댁. 학교에서는 지식을 배웠지만 샘터 댁에겐 참사랑을 배운 셈이었다. 나도 몰래 울컥, 눈물이 나왔다. 하회 아줌마가 내 눈물을 바라보다가 한마디 거들었다.

"사람 근본이사 천사 같았다 왜. 시월이 다 데려가는 걸 우째노……."

그런 천사 같은 사람도 다 데려가는 게 세월이라고 하회 아줌마가 말했다. 모두가 변해 있었고 또 변해 가고 있는 중이었다. 마을 사람들이 샘터 댁의 죽음을 비로소 애통해 했다. 세월은 그렇게 모든 것을 변하게 했다. 세상은 사랑에서 미움으로 가는 것도 있었고, 미움에서 사랑으로 돌아서는 것들도 있었다. 세월은 또 존재에서 무로 돌아가는 작은 물꼬의 길도 트고 있었다. 일생을 슬프게 살았던 샘터 댁. 엄마보다 더 지극정성으로 깔끔하게 외할아버지를 보살폈다. 풍을 맞아 남자구실을 제대로 하지 못했어도 아버지 곁을 훌쩍 떠나가지 않았던 샘터 댁. 정신이 혼미한 아버지의 오줌똥을 받아 내면서도 훨훨 날아가는 학의 꿈을 꾸지 못했다. 한 여자의 생활 속에서 한이 서렸을 법한 세월. 지구를 몇 바퀴 돌고도 남을 시간이었다. 그건 인고의 세월이랄 수밖에 없었다. 고통과 괴로움을 준 자들이 아버지와 외조부였음을 생각하자, 가슴 깊은 곳에서 이상한 연민이 울컥 솟아올랐다. 꺼이꺼이 울지 않고는 배길 수 없었다. 먼 길 돌아온 한 여자의 불행이 꼭 나의 일생 같기도 했다. 절을 하고 물러서자 언제 왔는지 사촌 오빠가 낯설게 서있었다. 평소에 샘터 댁이 좋아하던 양지 바른 곳에 모시기로 했다며 나에게 알려주었다. 그때서야 망인이 사촌 오빠보다도 내가 가장 가깝다는 것을 알았다. 죽은 여자는 내 아버지의 여자였다. '야가 무신 소리 하는동 몰쎄'의 깊은 뜻의 해답도 거기서 맴돌았다.

삼일장이 무사히 치러졌다. 양지바른 언덕에 유택이 마련되었다. 산허리 비스듬히 부석사가 보였다. 나도 모르게 나무관세음 보살을 읊었다. 아들은 내가 말하지 않아도 망인과 어떤 관계라는 것을 알았을 것이다. 가르쳐 주고 말 것도 없었다. 세상은 가르쳐 주지 않아도 배우게 되는 것들이 내 어린 시절에도 있었다. 있어서는 안 될 일도 일어나고, 안 될 일이 일어남으로써 그 치유하는 방법도 스스로 터득하게 되는 것이 세상에는 수두룩했다. 이젠 되돌아 가야할 시간이다. 하회 아줌마에게 깊이 고개를 숙이고 차에 올랐다.

어쩌다 오전수업으로 끝난 월요일처럼 곧바로 집으로 돌아가기에는 해가 길게 남아 있었다. 해 떨어지기 전에 아들에게 하나 더 보여줄게 있었다. 이젠 알아도 될 나이고, 알고 나면 반드시 배워야 할 견문이 될지도 모르는 일이었다. 둬 시간 남짓하게 달려서 남편이 살고 있다는 장호원 나들목을 빠져나갔다. 돼지 키우는 농장이 있었고, 그곳을 지나서 고갯마루를 넘으면 나무 묘목장이 나온다고 했다. 제대로 찾아왔다. 처음에는 남편이 혼자 살다가 새집을 짓고 나서 지금은 연장만 보관하고 있는 컨테이너 박스가 보였다. 그 뒤쪽엔 거미줄이 여기저기 쳐진 측백나무로 둘러싼 집 한 채가 눈에 들어왔다. 차에서 내렸다. 아들을 뒤따라 오게 했다. 멀리 달려온 만큼이나 뉘엿뉘엿한 해걸음이었다. 닭들이 모이를 찾는 걸음새로 집안을 살피고 있었다. 댓돌 위에 여자와 남자 신발이 가지런히 놓여있었다. 아들이 신발을 쳐다보고 움찔했다. 이젠 됐다. 더 이상 무엇을 더 보여주어야 할 것도 없었다. 이제 아들이 바라본 시선은 아들의 몫이었다. 더 볼 것도 가르쳐 줄 것도 없이 휘되돌아 나왔다. 중부고속도로로 진입하여 신림동 아파트로 돌아왔다. 현관문을 열었다. 아들이 또 한 번 움찔했다. 묘목장에서 보았던 똑같은 신발을 보고 놀랐다. 남편이 우리보다 먼저 와 있었다. 내가 무슨 말을 더하랴. 밤 열시가 넘어 있었다. 너무 피곤했다. 나는 아들에게 저녁을 챙겨주지도 못한 채 방에 들어가자마자 쓰러졌다. 얼마나 피곤했던지 다음날 해가 중천에 떠 있었다. 온 몸이 쑤시고 아팠다. 눈을 떴다. 아침 햇살이 더 이상 들어찰 틈도 없이 베란다를 가득히 매우고 있었다. 거미가 어떻게 되었는지 궁금해 살펴보았다. 거미는 자기가 쳐놓은 덫에 걸려 바둥거리고 있었다. 미련한 녀석. 인간이든 동물이든 세상에는 자기 스스로 무덤을 팔 때가 있는지도 몰랐다.

지구 재활용

마을 회관에서 갑자기 모이라는 방송이 나왔다. 결정도 못 내리는 그놈의 회의를 또 할 모양이다. 강 선생은 투덜대면서도 얼굴 도장이나 찍으러 가 볼 요량이었다. 땔나무를 하던 참이라 목도 컬컬한데다가 염불보다 잿밥이라고 회의 끝나면 막걸리 한잔씩 걸치는 재미가 쏠쏠했기 때문이다. 강 선생은 나뭇짐을 마당 한쪽에 부려놓고 헌 작업복을 벗고 새 옷으로 갈아입었다. 대충 얼굴을 닦고 문 밖으로 막 나서는데 밖에서 고양이와 쥐가 딱 마주 친 채 서로 노려보고 있었다. 고양이는 쥐를 잡을 생각이 없는지 그냥 노려만 보고 있었다. 강 선생은 마을 회관에도 빨리 가봐야 하고, 쥐가 고양이에게 잡아먹히는 꼴도 봐야하고 마음이 급했다. 며칠 전에 술국 끓이려고 사다놓은 북어포를 쥐새끼가 날름 해가서 어떡하든 고양이가 쥐새끼를 잡아먹는 꼴을 보고 싶었다. 회관에서는 방송을 자꾸만 해댔다. 확성기에서 삐익 하고 귀청을 때리자 놀란 쥐가 그만 돌 틈 사이로 쏙 들어가버렸다. 이런 젠장. 닭 쫓던 개 지붕 쳐다본 격이 된 고양이 녀석은 쥐구멍만 빤히 들여다보고 있었다. 벌건 대낮에 쥐새끼가 돌아치는 꼴을 본 강 선생은 쥐덫이라도 놓아야겠다는 생각을 하며 미닫이문을 열고 마당으로 내려섰다.

마을회관까지는 걸어서 십 분 거리였다. 강 선생은 개천을 따라 걸어가다가 저만치 앞서 가는 철학관 노인네를 보았다. 그도 회의에 가는 모양이었다. 노인네는 허리를 굽히고 뭔가를 유심히 살피고 있었다. 가까이 다가가서 보았더니 개미떼였다. 수십만 마리의 개미떼들이 길고 긴 띠를 이루고 있었다. 장관이었다. 개미떼에 시선을 두고 있던 철학관 노인네가 강 선생이 다가가자 허리를 펴고 묻지도 않은 말을 늘어놓았다.

"여태 가물다가 이제 비가 올 모양입니다. 개미집이 빗물에 잠길까봐 집을 새로 짓고 알을 옮기느라 이렇게 분주하게 움직이지 뭡니까. 이것들이 아무것도 모르는 미물 같아도 천기를 훤히 꿰고 있거든요."

철학관 노인네다운 말이었다. 강 선생은 아, 네, 하고는 노인네와 같이 회관을 향해 걸어갔다. 미물이니 천기니 하는 단어가 자꾸만 귓전에 맴돌았다.

마을 회관엔 할머니 할아버지들이 언제부터 나와 있었는지 하릴없이 티브이를 보고 있었다. 내가 너무 일찍 왔나. 강 선생은 객쩍어서 마른세수로 얼굴을 한번 훑으면서 휘 둘러보는데 소아마비 형철이가 다리를 쩔뚝거리며 들어섰다. 소 여물 주고 오는 길인지 시큼한 냄새가 풍겼다.

"어 형철이, 어서 오게."

강 선생이 손을 번쩍 들어 그를 맞이했다.

"저수지공사는 다 끝나 가는디 오라가라 맨날 회의만 하면 뭘한데유?……."

형철이가 푸념을 늘어놓으며 자리를 잡고 앉았다. 방송을 막 끝내고 들어오던 이장이 새마을 지도자와 무슨 말을 속삭이듯 주고받았다. 이어서 오삼구 선생도 얼굴을 내밀었다. 이장과 새마을 지도자를 보고는 본체만체 하던 형철이 오삼구 선생이 들어서자 허리를 꾸뻑 굽혀 인사를 했다. 강 선생도 오삼구를 보면서 깍듯이 인사를 했다. 오삼구 선생은 이장과 새마을 지도자를 보더니 대번에 문제의 저수지 공사에 대해 말했다.

"저수지 공사를 일방적으로 한 것부터가 잘못되었어요. 늦었지만 지금이라도 이장과 새마을 지도자가 나서서 원천적으로다가 항의를 해야 합니다. 그냥 가만있으면 정부 역성들어준 꼴밖에 안돼요. 저수지 밑에 사는 형철이네 송아지 죽은 거하고, 마을에 불편했던 것과 피해사항에 대한 진정서를 종목종목 첨부해서 정식으로 통보해야 합니다. 공사도 다 끝나가고 이번에는 아예 못을 박아버리자고요."

직설적인 오삼구 선생이 이장과 새마을 지도자를 보자마자 대뜸 본론으로 들어갔다. 회의 참석할 인원은 이미 다 모였기 때문이다. 하기야 저수지 확장 공사로 쑥대밭이 된 이 마당에 일일이 인사나 챙기고 있을 처지가 아니었다. 댐 공사가 있기 전에는 그렇지 않았다. 어느 집이든 떡을 하면 온 동네가 나누어 먹었고, 고기 굽는 냄새만 풍겨도 제 집처럼 드나들었다. 한집 식구처럼 정이 넘쳐 지내던 마을이었는데 저수지 확장 공사가 진행되면서 반대파와 온건파가 생겨나면서 갈등이

빚어졌다. 마을 인심도 분위기도 점점 흉흉해져갔다. 마을을 되살리자는 사람들이 하나 둘 늘어나면서 회의는 거의 일상이 되었다. 그 중 수장 격이 오삼구 선생이었다. 선생은 초등학교 교장으로 정년퇴직한 꼬장꼬장한 4·19세대였다. 사람들은 그가 눈앞에 없을 땐 그의 이름을 유머랍시고 아라비아 숫자로 539번이라고 불렀지만, 바른 말 잘하는 그에게 은근히 기대를 걸고 있었다. 지도자가 오 선생 말을 곧바로 받아쳤다.

"아니, 지는 머 그냥 가만 앉아있었깐유? 형철이네 송아지가 죽었다는 소리를 듣는 즉시루다가 공사장까지 좇아갔었시유. 공사장 소음 땜시 송아지가 죽었으니 송아지 값은 사대강 준설작업 측에서 물어줘야 한다고 대판 싸우고 왔다니께유."

지도자 말을 듣던 형철이가 퉁명스레 나섰다.

"암만 싸우기만 하면 뭘한대유? 머 해결해준 거 있시유?"

형철이가 씩씩거리며 대들었다. 저수지 댐 공사의 가장 큰 피해자는 누가 뭐래도 형철이네였다. 다시 오 선생이 나섰다.

"글쎄 송아지 값 물어주는 건 당연한 거고요, 얼마 전에 형철이 부인이 친정에 가서 셋째를 낳아가지고 왔잖습니까. 그런데 임신 중에 얼마나 스트레스를 받았는지 잠잠했던 우울증이 재발해서 자살을 시도했다고 합디다. 형철이가 워낙 착해서 그렇지 웬만한 사람 같았으면 가만히 보고만 있었겠어요. 어디 형철이네 뿐입니까? 마을 사람 누구 하나 소음과 탑새기(먼지)에 시달리지 않은 사람 있시유? 그러니까 소음과 분진에 대한 물적 정신적 피해보상을 지금이라도 받아내자 이겁니다."

회의가 진행되는 동안 어느새 모였던 사람들이 오삼구의 발언에 옳소, 옳소 하고 외쳤다. 강 선생도 지켜보기만 하다가 오삼구의 말이 끝나자 박수를 쳐댔다. 강 선생은 본토박이가 아니어서 매번 나서서 간섭은 하지 않았었다.

저수지 공사가 시작되면서부터 마을은 하루도 편할 날이 없었다. 저수지 둑을 높인다고 둑으로 연결된 모퉁이 산을 깎아내리는 과정에서 저수지 바로 밑에 살고 있던 형철이네 송아지가 소음으로 죽고 말았다. 그리고 그의 아내도 시끄러운 공사장 소음 때문에 집안에 가만히 붙어 있지 못하고 바람난 수캐마냥 온 동네방네를 돌아쳐 다녔다. 마을 사람들은 그걸 다 알고 있었다. 소음과 분진으로 마을 사람들의 불만도 이만저만 아니었다. 수차례 회의를 했지만 항상 미지근하게 끝났다. 마을 대표급인 지도자와 이장이 진정서를 넣든 싸움을 하든 구체를 내야 하는데도 공사가 다 끝나가도록 강 건너 불구경이니 소득도 없고 결론도 없는 회의만 거듭되었던 것이다. 주민들은 그들이 콩고물을 받아먹었기 때문이라며 이참에 지도자고 이장이고 다 갈아치우자고 했다. 그런 낌새를 눈치 챈 이장이 딴에는 마을 사람들 편에서 얘길 한다는 게 더 화근을 만들고 말았다.

"말이야 바른 말이지, 아닌 말로 내 돈 내는 것도 아니고 정부에서 공짜로 저수지 둑을 높여준다는데 무슨 용을 친다고 빈정대러 가남유? 우리는 그냥 주는 떡이나 먹고 뒷짐이나 지고 가만 앉아 있으면 꿀이 저절로 흘러들어오는디 왜 자꾸 벌집을 쑤시라는 건지 통 모르겄시유."

이장 말이 끝나기 무섭게 여기저기에서 웅성거렸다. 이장이 저러니 마을이 이 지경이라는 둥 그러니 갈아치워야 한다는 둥 이말저말을 해댔다. 보다 못한 철학관 노인네가 한 마디 하려고 일어섰다.

“자 자, 그만들 합시다. 우리끼리 이러는 거 다 제살 파먹기에요. 우리가 이런다고 정부가 눈이나 하나 깜짝 합니까? 내 이런 말까지는 안 하려고 했는데 가만있자니 울화가 치밀어서 한 마디 해야겠습니다. 이명박 정부가 사대강 공사를 백성들에게 허락 받았습니까? 아닙니다. 백성들 의견은 들어보지도 않고 일방적으로 공사를 했기 때문에 대통령직은 물러났어도 백성들의 불만은 아직도 끝나지 않은 겁니다. 사대강이 이 대통령 개인 땅입니까? 공사를 하려거든 어느 강이든 하나만 먼저 해보고 나서 좋다 싶으면 다른 강도 해야지 이건 온통 나라 구석구석 다 까발려 놓아서 백성의 세금이 수십조 원이 들어갔다고 방송에 나옵디다. 사대강인지 자기네 강인지 왜 우리가 원하지도 않는 저수지 둑은 높여준다고 이 난리를 쳐대는지 모르겠어요. 이게 다 백성들 등골 파먹는 세금 낭비라 그 말입니다. 정부에서도 백성 세금을 우습게 아는 판국이니 우리도 공사장과 맞싸워서 동네 피해보상을 당당하게 받아냅시다. 안 그래요, 여러분?”

철학관 노인네가 바른 말을 하자 와하고 동조의 함성이 터져나왔다. 정부에서 하는 저수지공사가 알고 보면 공공의 적이자 세금만 축내는 꼴이라는 걸 다시 한번 확인시켜준 셈이었다. 그런데 철학관 노인네의 다음 말에 분위기가 다시 싸늘해졌다.

“그러니 골탕 먹는 건 백성들입니다. 봉림 저수지 확장공사도 솔직히 돈 들여서 둑을 높이면 물론 저수량도 넉넉하고 좋겠지만 지금 당장 아쉬운 것도 아니잖습니까. 따지고 보면 이익 되는 게 아니라 국가

재정만 낭비하는 꼴입니다. 경상도 전라도 쪽으로는 큼직큼직한 강이 있어서 손을 댔지만, 충청도는 아무것도 해당 되는 것이 없으니까 이 산골짜기 저수지라도 신경 쓰고 있다는 걸 보여 주겠다는 거 아니겠습니까. 이런 게 눈감고 아옹 아니겠어요. 방송에서도 그럽디다. 사대강 사업에 따른 준설공사도 엄청 많이 한다고 그러는디, 이게 다 누구 좋으라고 하는 공사인지 모르겠어요. 이장님 안 그렇습니까?"

화살이 다시 이장에게로 쏠리자 이장이 발끈하고 나섰다.

"그럼 그렇게 말씀 잘하시는 철학관 어른이 가서 한번 따져보시지 그류. 지한테 말해봤자 아무소용도 없시유."

"아니 마을 대표들을 이럴 때 나가서 일하라고 뽑아놓았지 소용도 없는 대표들을 마을에서 뭐하려고 뽑아 낫겠어요. 그리고 우리 같은 노인네가 가서 따지면 무슨 말발이나 서기나 합니까?"

지도자가 다시 나섰다.

"아따 참, 지가 가서 대거리를 하고 왔다이께네 그러시네. 형철이네 송아지가 공사장 소음 때문에 죽었다고 하니께 그 사람들은 병들어 죽었는지 소음 때문에 죽었는지 어떻게 아냐며 되려 생떼를 쓰고 나옵디다. 그래서 지가 그랬시유. 이건 분명히 소음 때문에 송아지가 놀래서 죽었다. 공사장 돌 깨는 소리가 총소리보다 더 흉측하다. 당신네들도 공사 현장이 시끄러울 거 다 알고 사무실을 이렇게 멀리 떨어진 곳에 짓지 않았느냐? 그러니 묻지도 따지지도 말고 보상해줘야 한다고 지가 대판 싸우고 왔다니께유. 이제 더 따질테면 본인이 가서 따져야지 지들은 맨날 공사장만 쫓아다니남유? 뭐든지 목마른 놈이 우물 파데유."

지도자가 자기 심정도 좀 알아달라는 듯 또박또박 대변을 했지만 주민들의 분노는 더욱 거세지고 말았다. 사방에서 웅성거리자 오삼구가 다시 나섰다.

“자자, 모두 정신 차립시다. 우리가 정부 사람들 사정이나 봐주자고 가뜩이나 일손 바쁜 농번기에 모인 건 아니잖습니까. 대한민국 국민이면 누구나 행복하게 살 권리가 있습니다. 법적으로 보장되어야 한다 그 말입니다. 서울에서는 지하철을 타도 임산부 노약자석이 따로 있습니다. 강남구에서는 애를 낳아도 천만 원이나 준다고 합디다. 이게 다 사람 중심으로 사람을 우선시하자는 데서 나온 게 아니겠어요? 그런데 이 공사는 주민들을 완전히 무시하고 자기네 멋대로 벌인 거라 이겁니다. 이 공사는 명백한 주거행복권 침햅니다. 그러니 절대 그냥 묵과해서는 안 됩니다. 강 선생, 안 그래유?”

“네? 아, 네. 맞습니다. 오 선생님 말씀이 백번 지당하십니다.”

갑자기 호명된 강 선생이 얼떨결에 오삼구의 말에 동조하고 나섰다. 강 선생은 회의에 싫증을 느껴 곧 벌어질 막걸리 판만 생각하며 회의 끝나기만을 기다리고 있었다.

“강 선생도 인젠 우리 주민이니께 가만 계시지만 말고 한 말씀 하시유.”

“제가 뭘 알아야지요.”

강 선생은 이장 눈치를 슬쩍 보았다. 이장은 시선을 마주치지 않으려는 듯 손으로 턱을 괴고 생각에 빠진 척 했다.

“그래도 서울생활 하시던 분이 한 마디 해야지유. 매일 우리끼리 옥신각신 해봤자 그 식이 장식이라니께유.”

오삼구는 강 선생을 신뢰하고 있었다. 강 선생은 서울에서 서예학원을 하다가 컴퓨터 시대에 떠밀려 학원도 그만둔 처지였다. 게다가 당뇨가 심해져서 건강을 잃고 휴양 차 시골로 내려와 살고 있었다. 바른 소리를 해대는 오삼구가 유일하게 말이 통하는 사람이었고, 오 선생도 강 선생과 가깝게 지내곤 했다. 공사 초기에 사대강 준설작업으로 저수지 댐 증축공사를 하느니 마느니 말이 많을 때였다. 공사 개요에 대해 알아보겠다고 공사장 갈 때에도 오삼구는 마을 사람 다 놔두고 강 선생을 데리고 갔었다. 공사는 이미 시작되어 푸른 산 껍데기를 누에 뽕잎 갉아먹듯 야금야금 갉아먹고 있을 때였다. 강 선생은 오 선생을 뒤따라갔던 것이다.

저수지 공사는 마을 주민들에게 일언반구 상의도 없이 도청 직원인지 농어촌 공사 직원인지 들이닥쳐서 이장과 지도자와 반장들을 불러놓고 통보만 하고 공사는 진행된 상태였다. 사대강 공사를 해야 하는 중요한 목적은 해마다 늘어나는 장마 피해에 대한 대비라고 방송을 보아서 누구나 다 알고 있었다. 그렇다면 사대강만 하지 왜 이런 산골짜기 저수지에 손을 대느냐고, 오삼구와 강 선생은 함께 따져 물으려고 공사장을 찾아갔던 것이다.

아름드리 나무가 굴삭기 바가지에 쩍쩍 갈라지고 푸르렀던 산천은 간곳없이 대머리가 되면서 산의 형체가 사라지고 있었다. 그런 모습을 보던 오 선생은 가슴을 치며 한탄했었다.

"강 선생 말이오, 사대강의 물굽이가 굽이굽이 쉬어가며 흘러야 하는데, 물길을 직선으로 만들어 놓았다고 하데요. 그러니 물의 유속이 빨라지면서 자연 생태계가 파괴되고 있다는 방송 본적 있지요? 국토가 다 망가지게 생겼어요. 이 작은 마을 저수지까지 손을 댄다면 지구를 다 까발릴 수도 있을지 모르잖아요? 여기는 농업용수가 부족한 것도 아니고 이놈의 저수지도 손대지 말았어야 했는데 헛돈만 들이는 꼴이라니까요."

강 선생은 듣고만 있었다. 그러다가 종국엔 지구에 재앙이 올 수도 있다며 개탄까지 하던 오 선생을 존경하고 있었다. 그날 암반 위에 세 대의 굴삭기가 올라앉아 따따따따따 마찰음을 토해내는데 그 소리가 화약을 터트리는 장난감 권총으로 귓구멍에다 대고 연발 쏘아대는 총소리 같았다. 그 듣기 싫은 소리와 울림이 얼마나 시끄러운지 온 동네를 집어삼킬 것 같았다. 완전 흉기나 마찬가지였다. 토끼와 고라니 같은 짐승들은 이미 서식처를 다 빼앗겨버린 상태였고, 그 유명한 도롱뇽의 은신처이던 물까지 바싹 말라서 바닥을 드러내고 있었다. 사무실도 소음 때문에 공사 현장에서 멀찌감치 떨어진 곳에 지은 것만 봐도 소음 피해 때문임을 금방 알 수 있었다. 그러니 형철이네 송아지가 공사장 소음 때문에 죽었다는 걸 증명 하고도 남을 터였다.

오삼구와 강 선생이 사무실로 들어서자 여직원과 배가 볼록한 오십대 남자 한 명이 소파에서 노닥거리고 있었다. 그들 눈이 동그래졌다. 여직원이 무슨 일이냐고 물어왔고 오삼구가 의자에 앉으면서 저수지 공사 개요는 무엇이고, 누가 왜 무엇 때문에 원하지도 않았던 공사를 하게 되었느냐고 물었다. 남자는 사대강 준설작업이라며 자랑스러운 투로 당당하게 말하면서 인상을 찌푸렸다. 공사장에 아무나 막 들어오면 안 됩니다. 저희 사무가 바쁘니까 얼른 나가주세요, 하고 완강하게 나왔다. 경제를 살리겠다는 대통령이 이런 작은 저수지까지 손을 댔다는 게 강 선생은 화가 났고, 무엇보다 쥐새끼 같이 생긴 젊은 사람이 무식하게 구는 행동에 어이가 없었다. 보다 못해서 강 선생이 나섰다.

"저기 말입니다. 주민들은 저수지물이 농업용수로 부족하지도 않았고 저수지 둑을 높이지 않아도 아무런 지장이 없다는데 뭣 때문에 둑을 높이려는 겁니까?"

강 선생이 예의를 갖춰 또박또박 물었다. 얼른 봐도 현장 소장일 법한 오십대 남자는 묻는 말에 대답은 않고 의자를 신경질적으로 끌어당겼다. 일부러 바닥 긁는 소리를 내가면서 담배를 꼬나문 다음에 한참 뜸을 들이다가 말문을 열었다.

"아자씨들, 그거 때문에 오셨슈?"

남자가 담배 연기를 푸 내뱉었다. 고개를 좌우로 꺾으며 딱딱 손가락마디 꺾는 소리를 내고 있었다. 보다 못한 강 선생이 그 고약한 버르장머리에 화가 치밀어 한 대 올려붙일 듯 주먹을 쥐고 손을 부르르 떨었다. 오삼구가 강 선생의 허리춤을 꽉 잡아챘다. 젊은이가 능글맞게 말을 이었다.

"아자씨들, 혹시 지구재활용이라고 들어보셨슈? 여기 저수지도 지구를 재활용한다 그렇게 생각하시면 됩니다. 저수지를 재활용해서 미리 홍수도 막고 백성들 편하게 잘 먹고 잘 살아보자는 뜻으로다가 공사를 하고 있으니까 불평불만 그만 하시고 얼른 나가시오. 지들도 겁나게 바쁘니께 공사 방해하지 말고 언능 가시라구요. 그라고 앞으로는 그만 거 따지러 오지 마씨요."

오삼구와 강 선생을 귀찮은 떨거지쯤으로나 취급하면서 사무실을 나가려는 남자를 강 선생이 다시 가로 막았다.

"저기 말이요. 저수지 밑에 신형철이라고 아시죠? 송아지 죽은 집. 그 부인이 지금 임신 중입니다. 송아지도 스트레스에 나가자빠지는 마당에 아이를 가진 사람은 어떻게 되겠어요? 만일 무슨 일이라도 생기면 그땐 저희들도 정말 가만히 있지 않을 것이니 그리 아시오."

"나 참, 정부 공사가 누구네 애 밴 것까지 책임지란 말이요? 말도 안 되는 헛소리 집어치우고 어서들 나가시오. 따지려거든 정부에나 가서 따지고……."

남자가 냉장고 문을 열고 생수병을 꺼내 벌컥벌컥 마셨다. 그러는 사이 여직원이 오삼구와 강 선생에게로 다가와서 죄송하지만 다음에 와달라며 사정조로 얘기했다. 더 이상 대화가 될 것 같지 않았다. 그러자 오삼구가 강 선생을 달래서 사무실에서 나왔다.

"완전 미친놈일세."

사무실을 나오며 오삼구가 한 마디 했다. 정작 사무실로 찾아가자고 한 사람은 오삼구였는데 오삼구는 한 마디도 하지 못하고 강 선생만 열을 낸 꼴이 되었다. 오삼구는 말이 통할 것 같지 않아서 아예 입을 닫아버렸다. 강 선생은 그 점도 조금 못마땅했다. 교장 출신이라는 체통을 지키려고 점잔을 빼는 게 영 마뜩찮았다.

들어갈 때는 몰랐는데 나올 때 보니 커다란 간판이 눈에 들어왔다. 딴엔 이 공사가 자랑이라도 되는지 큰 고딕체로 「봉림지구 농업용 저수지 둑 높이기 사업」이라고 씌어 있었다.

"대통령이란 자가 국토를 자기 마음대로 쥐락펴락 하니까 저런 싸가지 없는 쥐새끼 같은 놈이 책임자로 왔구먼……."

오삼구는 소장쯤으로 보이던 젊은 사람이 계속 못마땅한지 내내 화를 풀지 못했다. 현장 사무실을 힐끔거리며 나오는데 건물 귀퉁이에 쥐새끼 한 마리가 내장을 드러낸 채 죽어있었다. 더럽고 흉측하고 혐오스럽기까지 했다. 오삼구가 얼굴을 찌푸리며 침을 탁 뱉었다. 강 선생도 오 선생 따라했다. 그 공사장 사무실에 젊은 사람이 인상을 찌푸리며 말 할 때 꼭 쥐새끼 같이 생겨서 강 선생도 사무실 쪽을 향해서 가래침을 탁 뱉었다. 여직원이 문을 빼꼼히 열고 내다보고 있었다. 죽은 쥐를 보자 강 선생은 옛날에 읽었던 소설책이 떠올랐다. 쥐 때문에 2천만 명의 사상자가 났던 까뮈의 소설 페스트가 생각났던 것이다.

"절대적인 약자가 되었을 때 우리는 어떻게 스스로를 성찰할 수 있을 것이며, 어떻게 그것을 이겨낼 수 있을까. 누군가는 죽고 누군가는 살며, 살아남은 사람들은 또 살아가야 한다."

쥐가 인간에게 얼마나 많은 해를 끼쳤던가. 역사적인 페스트균을 떠올리며 고민에 빠지기도 했었다. 오삼구가 강 선생을 대동해 현장 사무실을 찾아갔던 일은 성과 없이 끝났지만 그 일을 계기로 두 사람은 더 가까워졌다. 그 후로도 두 사람은 종종 마을의 크고 작은 일에 함께 하며 두터운 친분을 쌓아갔다. 사실 강 선생이 그다지 관련도 없는 마을 회의에 빠지지 않고 참석했던 것도 어찌 보면 오삼구를 의식해서였다. 그런 강 선생의 충정을 오삼구도 모르지 않았기에 회의장에서 강 선생에게 발언권을 주었던 것이다. 다시 회의장은 점점 소란스러워지고 있었다. 갑자기 아기 울음소리가 났다. 얼마 전에 출산한 형철이네 막내아이였다. 아까부터 뭐가 불편한 모양이었다. 간간이 칭얼대는 소리가 들리더니 결국 아이가 그만 울음을 터트렸다.

"참나, 여기가 무슨 동네 아낙들 놀이턴 줄 아남? 왜 아는 데불고 와서 난리여 난리가?"

철물점 김 씨가 노골적으로 못마땅한 내색을 해댔다.

"아따 김 씨는 먼 말을 고따구로 싸가지없이 한다요? 형철이네 사정 모르는 것도 아님서."

읍내에서 미용실 하는 여자가 형철이 마누라 편을 들고 나섰다.

"아니 지 말은 여그가 회의 하는 곳이제 아새끼나 울리고 그라믄 쓴다요. 아그를 데불고 왔으믄 울리지나 말든가."

분위기가 험악해지자 형철이 마누라가 눈치를 보며 아기를 달래느라 끙끙댔다. 보다 못한 형철이 다리를 질질 끌고 일어서며 말했다.

"어이 그만 가자고, 빨리나와. 더 있어봤자 좋은 소리 안 나올거구먼."

형철이가 씩씩대며 마누라를 데리고 회관을 나섰다. 그 뒤를 강 선생이 쫓았다.

"이봐, 형철이. 이렇게 가면 어째?"

"어째긴 뭘 어째유?"

"아무리 그래도 한잔 마시고 가야지."

"시방 술맛이 나겄시유. 지가 말이여, 배운 것도 없고 불구자니께 마을 사람들도 지를 깔보누만유."

"무슨 말을 그렇게 하나. 누가 자넬 깔본다고 그래? 자네 사정이 제일 딱한 거 누구나 다 알고, 이 마을 사람들 너나없이 피해자니까 다들 답답해서 그러는 게지."

"답답하믄 저만 하겄슈? 저 사람 공사장 돌 깨는 소리땜시 우울증에 걸렸슈. 삑하면 맨날 바깥으로 돌아치지 애새끼들은 빽빽거리지, 저도 기양 콱 죽고싶다니께유."

간난아이를 안고 끙끙대는 마누라를 바라보며 형철이가 푸념을 늘어놓았다. 그 대목에선 강 선생도 할 말을 잃었다.

"이젠 보상이구 지랄이구 다 필요없시유. 공사고 뭐고 비나 왕창 와서 뚝이나 그냥 확 터졌으면 좋겠시유. 굴삭기 시동소리만 들어도 마누라는 애새끼들 다 팽개치고 빼스타고 갸 내빼지유. 저도 오죽하믄 그러겄시유. 내 몸이 불구라 도망치는 마누라 붙잡지도 못하지유. 큰 놈은 시끄러워서 공부도 못하겠다고 그러쥬, 작은 놈은 엄마 찾으며 빽빽 울어대쥬, 날마다 전쟁이 따로 없었시유. 지도 공사장 작업이 시작되는 소리만 들으면 가슴부터 뛰고 귀가 먹먹하다니께유. 공사가 한참 진행될 때는 토끼새끼들이 죄다 죽었다니께유. 지가 이 몸으루다가 공사장에 가서 아무리 사정 얘기를 해도 눈 하나 깜짝 안 하데유. 이제 공사고 나발이고 뭔가 뻥 터졌으면 좋겠시유."

형철이 말마따나 그가 배운 게 없고 불구자라서 공사장 사람들도 그를 쉽게 무시해버리는 경향이 없지 않아 있었다. 강 선생은 그게 더 화가 났다. 그러나 우리가 할 수 있는 건 아무 것도 없었다. 그놈의 소득 없는 대책회의는 충청도 말 그대로 개갈딱지 없었다.

그때 미용실 여자가 나와서 형철이 마누라에게 떡을 먹고 가라며 다시 마을 회관으로 불러들였다. 아기는 어느새 엄마 품에 안겨서 잠이 들었다. 형철이 마누라가 국숫집 여자 손에 이끌려 못이기는 채 끌려 들어갔다.

"저 저 속없는 여편네."

회관으로 들어가는 마누라 뒤통수에다 대고 형철은 한심하다는 듯 쏘아붙였다.

"그냥 두게. 집에 가봐야 뾰족한 수가 있나, 차라리 여기가 더 낫지."

강 선생의 그 말엔 형철이도 수긍했다.

"자 그만하고 들어가세. 이러고 가면 자네 속도 불편할 거 아닌가?"

강 선생이 잡아끌자 형철이도 마지못해 따라 들어섰다.

회관 안에선 그새 술판이 벌어지고 있었다. 술판이래야 묵은지와 과자 부스러기를 안주삼아 막걸리나 소주를 돌리는 게 고작이었지만 그렇게라도 한 잔씩들 걸쳐야 가슴에 뭉친 응어리들이 조금이나마 녹아내렸다.

형철이가 다시 들어가자 사람들이 어서 오라며 자리를 내주었다. 이장은 손수 술까지 한 잔 따라주며 맘에 없는 소리를 했다.

"이보게 형철이, 자네 힘든 거 다 알지만 어쩌겠나. 나도 몇 번 찾아가 항의를 해봤지만 콧방귀도 뀌지 않는 걸 낸들 어쩌겠는가? 이 공사는 이 대통령 특별지시라면서 공사장 사람들도 얼마나 깐깐하게 구는지 공사가 끝날 때까지는 손톱도 안 들어가게 생겼어."

이장이 주민 편인 척 말은 그럴 듯하게 했지만 그게 본심이 아니라는 건 동네 개도 다 알고 있었다. 이장이 공사장을 찾아갔었는지 본 사람도 없을 뿐더러 찾아갔다고 해도 무슨 목적으로 갔는지는 알 도리가 없었다. 저수지 공사가 시작되고 얼마 되지 않아 이장이 새 차를 뽑으면서 의혹은 증폭되었다. 낌새채는데 귀신인 2반 반장이 이장 손자를 통해 심증은 확보했지만 물증이 없어 대놓고 따지지도 못했다.

유치원에 다녀오는 이장 손자를 2반 반장이 우연히 만난 척하고 말을 걸었다.

"하이고 이장님 손자 민규가 유치원 다녀오는구나. 아줌마가 맛있는 거 줄까?"

2반 반장이 장바구니에서 핫바를 꺼내어 주자 민규가 배가 고팠던지 얼른 받아먹었다.

"민규네는 참 좋겠다. 할아버지가 차도 선물 받고."

슬쩍 떠보려고 꺼낸 말인데 민규는 자랑이라도 하듯 공사장 소장이 자기네 집에 자주 놀러온다는 말까지 했다. 이쯤 되면 더 알아볼 것도 찔러볼 것도 없었다.

그날 이후 이장이 소장과 비밀거래가 있었다는 건 기정사실화 되어 버렸다. 그렇다면 잠자코 있었으면 밉지나 않을 텐데 주민들 편인 척 하면서 뒤통수를 치는 이장이 미워서 2반 반장은 이장 뒤통수에 대고 주먹을 날리는 흉내를 냈다.

"근디 말여, 요즘 차는 공장에서 안 나오고 저수지공사장에서 나오나벼?"

2반 반장은 일부러 다들 들으라는 듯 빈정대며 큰 소리로 말했다.

"그기 먼 소리여? 요즘은 저수지공사장에서 차를 빼온다고……?"

내막을 대충 넘겨짚고 있었던 철학관 노인네가 모르는 척 능청을 떨어댔다.

"글씨 지도 잘 모르겄시유. 궁금하면 저기 이장한테 직접 물어보시던지유. 이장님 저그 서있자뉴."

사람들 시선이 일제히 이장과 이장에게로 쏠렸다. 이장도 못 들은 척 딴청을 부리며 사람들에게 술잔을 권하며 돌려댔다. 이장 부인은 얼굴이 벌게져서 안주가 떨어졌다며 애꿎은 냉장고 문만 여닫았다.

분위기가 이상한 쪽으로 흐르자 저수지로 매립되어 혜택을 가장 많이 본 육십 대 칠봉이 아저씨가 허리를 배배꼬며 일어섰다. 아직 노인 행세 할 나이는 아닌데 일부러 허리를 배배꼬는 것이 누가 봐도 자리에서 빠져나가려는 엄살이었다.

"아저씨, 왜 일어나요. 지금 술시간이지 회의는 아직 안 끝났시유. 아무도 가지 말유. 오늘은 끝장을 봐야하니께."

3반 반장이 벌떡 일어나 허수아비처럼 팔을 벌리고 칠봉이 아저씨 앞을 막아섰다.

"하이고 나는 허리가 울매나 아픈 동 메칠 전에 벵원에 갔띠마는 겔과보러 낼 오라케서 말이여. 내가 머 말도 올키 할 줄 모리고, 나는 고마 낼 벵원도 좀 댕기와야 하이께네 미리 가서 준비 좀 할께 있어서……."

경상도가 고향인 칠봉이 아저씨가 빠져나갈 요량을 하자 오삼구가 버럭 화를 냈다.

"어이 칠봉이. 자넨 챙길 거 다 챙겼으니 회의 같은 건 안중에도 없는겨 뭐여? 판 깨지 말고 언능 앉기나 혀어."

오삼구가 으르렁대자 그의 먼 친척 동생이던 칠봉이 아저씨가 꼼짝도 못하고 슬그머니 도로 앉았다.

칠봉이 아저씨 말고도 공사장 매립으로 돈을 챙긴 사람들이 꽤 있었다. 그들은 대놓고 자랑은 하지 않았지만 누가 어느 정도 배당금을 챙겼는지 굳이 말을 하지 않아도 다 알았다. 그들은 돈만 챙기고 마을 일에는 나 몰라라 한다는 오해를 받지 않기 위해 회의에도 열심히 얼굴을 내밀었다. 보상 받은 돈으로 들판까지 커피를 시켜 놓고 다방 아가씨들 엉덩이 두들겨가며 재미보고 있다는 것은 동네가 다 아는 사실이었다. 형철이네도 저수지 주변에 땅이 조금 있었지만 공사 현장으로는 한 뼘도 매립되지 않은 터라 한 푼의 배당금도 받지 못했다. 사람들은 자로 잰 듯 눈에 보이는 것만 계산했다. 공사가 시작되면서 분배의 격차로 인하여 동네 인심이 흉흉해졌다. 따지고 보면 강 선생도 자연과 더불어 전원생활을 꿈꾸러 내려 왔는데 공사장 소음 때문에 피해자라면 피해자였다.

나가려던 칠봉이 아저씨가 도로 주저앉자 화살은 다시 이장에게로 넘어갔다. 이장이 그런 낌새를 채고 분위기를 바꾸어보려는 듯 강 선생에게로 슬며시 다가가 맘에 없는 술을 권했다.

“강 선생님도 제 잔 한잔 받으슈. 시골 좋지유? 츰에 올때 보담 얼굴이 마이 좋아졌시유.”

이장은 강 선생에게 아부하는 척 하면서도 강 선생이 이 마을 본토박이 아니라는 걸 은근히 암묵적으로 압박했다. 강 선생이 이장의 그런 의도를 모르는 바 아니나 아무 대꾸도 하지 않고 묵묵히 술잔만 받았다. 공사장 소음과 분진에 시달린 사람에게 얼굴이 좋아졌다는 그 말에 강 선생은 대꾸할 가치조차 느끼지 못했다. 물론 그게 이장 탓은 아니었지만 휴양 차 내려온 시골에서도 병세가 썩 좋아지지 않아 요즘 강 선생은 이 마을을 뜰까 생각 중이었다. 병세가 호전되지 않는 것이 저수지 공사 때문이라고는 딱히 말 할 수 없지만 아니라고도 할 수 없었다. 재수 좋은 과부는 자빠져도 가지 밭에 자빠진다는데 강 선생은 재수에 옴이 붙어버린 격이다. 귀촌하고 얼마 되지 않아 저수지 댐 공사가 시작되어 하루도 맘 편할 날이 없었다. 시골집을 어렵게 구해서 내려온 터라 서울로 다시 올라가는 것도 쉽지 않았다. 아내와 자식들에게 면목이 없고 잘 알아보지도 않고 경솔하게 행동한 자신만 탓했다. 이래저래 답답하기만 했다. 그러자 강 선생도 한 마디 하고 싶어졌다. 따지고 보면 강 선생도 피해자였다.

"이장님이 보시기엔 제 얼굴이 좋아 보이나 보죠?"

"그류. 첨에 올 때 보다 얼굴이 한참 폈다니께유."

이장은 마을 사람들의 동의라도 얻으려는 듯 휘둘러보았다. 그러나 그 말에 선뜻 동의하고 나서는 사람은 하나도 없었다.

"그렇게 말씀하시면 이장님 마음이 편합니까? 제가 이 마을 사람이 아니니까 저수지 댐 공사에도 나 몰라라 한다, 그러니 속 끓일 일 없어 얼굴이 좋아졌다, 그 말씀이 하고 싶은 거 아닙니까?"

"그런 거 아니유?"

"저도 피해잡니다. 소음이 얼마나 심한지 귀가 다 먹먹할 지경이더라구요."

"그류? 그럼 낼이라도 당장 서울로 올라가시유."

"이장님이 뭔데 오라가라 하십니까? 저도 피해자니 적절한 보상을 받은 후에 가든지 말든지 할 겁니다."

"보상이 나올 것 같기나 하남유? 지가 보기엔 어림도 없시유."

"이장님도 모르시는 말씀 마세요. 요즘은 사진 잘못 박아도 초상권 침해에 들어가고요. 가슴팍 잘못 스치기만 해도 성희롱으로 잡혀가는 시대라구요. 하물며 이런 거대한 공사에 보상이 없다면 말이나 됩니까?"

싸움은 쉬 끝날 것 같지 않았다. 말싸움에선 언제나 강 선생이 이겼다. 이래서 이장이 강 선생을 싫어했다. 그때 누가 뉴스에서 사대강 관련 기사가 나온다며 좌중을 조용히 시켰다. 사람들이 일제히 티브이를 향해 시선을 돌렸다. 사대강 공사 어느 보에서 시멘트 바닥에 균열이 생겨 구멍이 났다는 뉴스가 나왔다. 오 선생이 한마디 했다.

"앞으로 두고 보게나. 고약한 냄새가 곳곳에서 진동 할 테니까……."

오삼구가 자리에서 일어서며 말했다. 흘리는 술이 서말이라더니 백성의 세금이 간데없이 줄줄 새나간다며 한숨 같은 소리를 내뱉으며 회관을 빠져나갔다. 오삼구가 나가자 다른 사람들도 하나 둘 따라 일어섰다.

점심 때 시작한 회의는 저녁나절이 되어서야 흐지부지 끝났다. 결론도 조잡하게 끝났다. 이장이 공사장 측과 전화 통화로 형철이네 송아지 값만 물어준다는 걸로 종결을 지었다. 그래도 회의는 또 열릴 것이다. 저수지 둑 높이는 이미 다 올라갔는데 마을 사람들 인심 수위는 점점 낮아졌다. 강 선생도 마을 회관을 나왔다. 지구재활용이라는 생소한 단어가 자꾸만 귀에 거슬렸다. 돌아오는 길에 개미떼가 있던 자리를 보았더니 저수지 공사장처럼 아직도 분주하게 움직이고 있었다. 미물인 개미 떼들의 공사도 만만치 않은 갈등이 있었는지도 몰랐다.

집 마당으로 들어섰더니 아직도 고양이 녀석은 꼼짝하지 않고 쥐구멍 앞을 지키고 있었다. 거실로 들어서자 쥐새끼들이 씨 하려고 박스에 담아놓은 감자를 다 갉아먹어버렸다. 이놈의 쥐새끼들을 확 그냥. 강 선생은 쥐새끼들을 때려잡을 기세로 빗자루를 집어 들었지만 쥐새끼들은 없었다. 내일은 꼭 그 늙은 쥐를 잡기 위하여 쥐덫을 놓아야겠다고 생각했다. 강 선생은 투덜거리며 몇 개 남은 감자박스를 창고에

옮겨놓고 뒤란으로 돌아가 하늘을 쳐다보았다. 산기슭으로 저물어가는 노을이 오늘따라 한없이 늙어 보였다.

쌔무웨케

쾅쾅쾅. 한밤중에 누가 내 창고 문을 두드렸다. 잠결에 놀라 시계를 보니 새벽 2시였다. 도대체 누구야? 워커를 신고 막 나가려는데 고새를 참지 못하고 다시 두들겨댔다. 아이 씨팔 어떤 놈이야? 나는 투덜거리며 창고 출입문 쪽으로 다가갔다.

"강수병님, 저 황해병임다. 내무반에서 박수병님이 잠깐 보자고 하심다."

황해병은 내 1기 졸병이었다. 졸병 새끼가 감히 선임수병 주무시는 문짝을 몇 번씩이나 두들겨대고 있었다. 성질이 확 뻗쳤다.

"야 이 새끼야, 이 밤중에 그 꼴통새끼가 왜 나를 찾아, 너 씨발놈 뒈지고 싶어?"

내가 성질을 부리자 이번에는 아예 5파운드 곡괭이로 창고 문을 때려부실듯이 탕탕 두들겨댔다. 어, 이 새끼 봐라, 겁도 없이 선임수병 취침하시는 창고 문을 두들겨 팬다고? 더 이상 참을 수 없었다. 나는 워커 끈을 단단히 조이고 재킷까지 걸치면서 출입문 쪽으로 바싹 다가갔다. 그리고는 잠겨있던 가로쇠막대를 밖에서 눈치채지 못하게 살그머니 빼내고 문틈 사이로 바깥 동정을 살폈다. 군복이 얼찐거렸다. 나는 워커발로 문을 냅다 차버렸다. 두꺼운 철제문이 철커덕 열리면서 문틈 사이로 안쪽을 들여다보던 군바리 두 명이 뒤로 발라당 나가자빠졌다. 아주 통쾌했다. 그러나 그 통쾌한 기분은 잠깐이었다. 까칠하기로 유명한 내무반장 박병장이 황해병과 같이 나가떨어진 거였다. 난처했다. 황해병 옆에서 박병장이 성질을 삭히느라 씩씩대고 있었다. 달빛에 두 얼굴이 고스란히 드러났다. 무궁화 꽃이 피었습니다. 두 번 정도 셀 시간이 지나고나서야 박병장이 손바닥을 툭툭 털며 일어났다. 그리고는 곡괭이 자루를 다시 집어 들었다.

"뭐시라, 나가 꼴통새끼라고야?"

소름끼치도록 낮은 어투에 능글맞기까지 했다.

"앗, 죄송함다. 저는 황해병인 줄만 알고……."

"아따, 창고지기 허면 간뗑이가 부서부는구마잉? 강해병 나좀 쪼까 보드라고 이……."

그 한밤중에 나는 해병대 기지사령부 건물 뒤편으로 끌려갔다. 엎드려뻗친 상태에서 그야말로 좆나게 두들겨 맞았다. 1기 아래인 황해병이 보는 앞이어서 더욱 쪽팔렸다. 5파운드 곡괭이 자루로 엉덩이를 내리칠 때마다 나는 악, 악 소리를 질러댔다. 일곱 대를 맞고 나니 엉덩이의 살점이 터져 피가 홍건히 묻어올라오는 느낌이었다. 더 이상 맞을 수도 맞아서도 안 될 것 같아서 나는 발딱 일어났다.

"어쭈, 누가 일어나라고 했어라?"

그의 사투리는 짜증스러울 정도로 내 기분을 긁어댔다.

"잠깐만요, 내가 맞아야 할 이유가 뭡니까? 정당하게 맞아야 할 이유가 있으면 맞겠습니다."

"너 이새꺄 순검도 안 받고 병기청소도 되어있지 않아 우리가 단체로다 기합 받은 거 몰랐어라?"

"저는 창고병이므로 순검은 대대장님이 열외시켜주셨고, 제 병기청소와 관물정돈은 어제 다 정비해 놓았습니다."

"어쭈, 열외? 누구맘대로 열외야?

단체 기합은 핑계고 어떡하든 나를 괴롭히려는 의도였기 때문에 나는 당당하게 말했다.

"제 병기 이상 없습니다."

"어라 이 잡것이 시방 오리발까장 내밀것다 이거여."

그때 귀싸대기가 찰싹 올라왔다. 눈앞에 별이 번쩍했다. 군바리 인생이 왕창 무너지는 기분이었다. 천하의 만석군집 아들이 나라 지키러 왔다가 이렇게 망가질 수는 없었다. 엎드려서 매를 맞고 있을 때 봐둔 돌멩이를 집어 들고 나는 박병장 머리를 내리찍었다. 그는 억 하고 쓰러졌다. 한방에 박살이 났다. 내가 생각해도 이렇게 끔찍하게 반격할 줄은 몰랐다.

"어, 강수병님 이, 이러시면 어떡합니까?"

당황한 황해병이 대거리를 해왔다. 나는 워커발로 황해병에게도 한방 걷어 차버렸다. 벌렁 나가자빠졌다. 내게 덤볐다가는 무차별로 깨질거라는 걸 저도 눈치챘는지 엉금엉금 기어가더니 박수병을 부축했다. 나는 가래침을 탁 뱉으며 명령조로 말했다.

"야, 황쫄따구. 나 군대생활 안 할꺼다. 지금부터 내 손에 걸리는 놈은 전부다 죽이뿐다. 너도 이 개새끼 따까리짓 고만하고 이 좆같은 새끼 쓰레기장에 갖다버려 이 씹새야."

"……."

내가 그동안 꼴통에게 쌀과 부식재료를 대준 게 얼만데 나를 좆도 아닌 호구로 봤다는 게 분통이 터졌다. 그래서 욱하는 성질에 그만 대형 사고를 치고 말았다.

"강수병님, 큰났습다. 빨리 의무실로 데리고 가야 할 것 같습다."

꼴통의 골통에서 피가 솟구치는 걸 황해병이 손바닥으로 막으며 다급하게 말했다. 나는 못 들은 척했다. 그러나 가슴은 쿵쿵 뛰었다. 감히 내무반장을 돌멩이로 내리찍고 쫄다구는 구둣발로 걷어찼으니 돌이킬 수 없는 하극상이었다. 빠따를 맞을 땐 대검으로 그냥 콱 쑤시고 싶었다. 맞아야 할 이유가 순검을 받지 않는다는 것과 내 총기 불량 때문이라니 말도 안 되는 이유였다. 내 총은 가끔 내가 시간 날 때마다 점검을 해놓기도 했지만 동기생 권혁수가 순검 직전에 늘 병기청소를 해주기로 약속되어 있었다. 그 대가는 포항시내 중앙 대학이라고 불리는 사창가에서 아랫도리 목욕시켜 주는 조건이었다. 총 때문이 아니라 얼마 전 내무반에서 있었던 감정 때문이라는 걸 나는 알고 있다.

"어이, 강해병님. 내 각시가 말이여, 라면에다가 닭알도 넣고 고추까루 확 풀어서 원 없이 한번 먹어 봤으면 쓰것다고 하는디 워치기 라면 한 박스만 쪼까 안 되겠어라아?"

그는 늘 내 창고에 빌붙어 살았다. 라면뿐만 아니라 쌀과 암맥도 여러 차례에 걸쳐 가져갔었다. 내가 한참 졸병인데도 강해병님이라고 님

자까지 붙여가며 따리를 붙였다. 창고에 보유하고 있어야할 주식이 점점 비공식적으로 빠져나가는 걸 막아야 하기 때문에 나는 이쯤에서 딱 거절해야 된다고 생각했다.

"박수병님, 지금 우리 보급반 감사받고 있는데 재고량 부족분이 들통 났습니다. 보급관은 영창가게 생겼고 나는 땅 팔아 메꿔야 할 판국입니다. 라면 한 박스가 아니라 이제는 한 개도 알짤 없으니까 그렇게 아십시오."

꼴통의 눈꼬리가 살짝 올라갔다. 그 눈빛에서 나는 보복을 예상했다. 그러나 그 앙갚음이 이 새벽에 이토록 험악하게 돌아올 줄은 몰랐다. 그동안 쌀이고 부식이고 다 상납해 가면서 개처럼 충성했는데 돌아오는 게 매 뿐이어서 나는 눈이 확 까뒤집혀 예상치 않았던 사고를 치고 말았다. 나는 비밀리에 깔치를 숨겨놓은 상태였지만 꼴통은 공개적으로 자식 딸린 마누라를 부대 옆에 데려다놓고 살림을 꾸려가고 있었다. 내가 깔치를 숨겨놓은 건 보급관 중위만 알고 있었지만 꼴통의 살림살이는 중대장까지 다 알고 있었다. 중대장은 꼴통으로부터 상납을 받고 눈감아주고 있었다. 그러나 찌질하기 짝이 없이 마누라 자랑을 해댈 때마다 내무반 졸병들은 박병장을 뒤통수에 대고 꼴통이라고 비웃었다. '나의 색시가 말이여……'하고 농담 비슷하게 하기 시작하면 그날은 누군가 피엑스에서 막걸리에 과자부스러기라도 사다가 입막음을 해야만 했다. 꼬장꼬장한 말속에 억압이 묻어 있어 어쩔 수 없이 라면이라도 바쳐야 뒤탈이 없었다. 고질적인 착취행각이었다. 나는 창고병이 보직이어서 순검도 근무도 열외였다. 같은 내무반 소속이었지만 특혜를 받는다는 점에서 내무반원들은 나를 뾰족하게 보았다. 내무반에 들어가기도 싫었고 꼴통도 무서웠다. 내무반장 마누라가 라면 하나 먹고 싶다는데 거절하기도 좀 그래서 한두 번 줬더니 그렇게 시작된 버릇이 나중에는 아예 꿔준 돈 받아가듯 했다. 창고 문 여는 시간에 오면 하다못해 칫솔 치약 팬티까지 가져갔다. 그걸 우연하게도 보급관이 보고 말았다.

"어이 강해병, 쥐새끼가 강둑에 구멍을 내기 시작하면 나중에는 강둑이 터지는 거 알아 몰라?"

그렇게 경고를 먹었다. 박병장의 요구를 거절하면 동기생 권혁수를 못살게 괴롭히는 바람에 울며 겨자 먹기로 이것저것 상납을 해야만 했다. 한마디로 좆같았다. 규정 외의 반출은 사병들의 몫을 착취하는 거였다. 서류상으로는 물품이 있어도 실제상으로는 물품이 거덜 났기 때문에 어떡하든 부족분을 채워놓아야만 했다. 게다가 보급관과 중대장까지 야금야금 삥땅을 뜯어갔기 때문에 고질적인 문제였다. 그 골치 아픈 해병대 창고관리 보급병이 나였다.

황해병이 큰일 났다기에 꼴통 가슴에 손을 대보았다. 싸늘했다. 정말 큰일이 나긴 난 것 같았다. 들키면 영창은 물론이고 신세 조지는 거였다. 일단 부대에서 빠져나가야 할 것 같았다. 그 다음은 철조망을 넘고 나서 생각하기로 했다. 짱 박아놓은 깔치를 데리고 무조건 토낄 생각에 뒤도 돌아보지 않고 철조망을 넘었다. 부대를 나오니 마음은 더 암울했다. 혼자도 아니고 깔치를 데리고 어디로 어떻게 빠져나가야 붙잡히지 않을지 그것도 고민이었다. 마음은 다급한데 뾰족한 수가 떠오르지 않았다. 우선 깔치랑 만나서 합의를 보기로 하고 무작정 철조망을 넘었던 것이다. 그런데 어라, 자고 있어야할 깔치가 보이지 않았다.

텅 빈 방에는 마시다가 남은 술상만 한복판에 떡하니 놓여있었다. 장롱이 없어 항상 벽에 걸어두던 내가 사준 그녀의 외출복도 보이지 않았다. 가슴이 철렁 내려앉았다. 좋은 일은 외줄로 오고 나쁜 일은 쌍으로 온다더니 오늘이 그날인 모양이다. 머리는 복잡해지고 심장은 쿵쿵 뛰는데 자리에 있어야할 깔치가 보이지 않아 극도로 열이 끓어올랐다. 술장사를 하지 말라고 그렇게도 일렀건만 내말을 듣지 않고 몰래 장사를 한 모양이었다. 이건 배신이었다. 할매 방으로 가서 방문을 벌컥 열었다. 할매가 놀라서 일어나며 눈을 동그랗게 떴다.

"할매, 명자 어디 갔어?"

"글쎄, 아까 중위하고 맥주 한잔하고 너거 방으로 건너갔는데 왜 없드나?"

중위라면 직속상관인 보급관이었다. 중위가 내 깔치를 넘보고 있다는 걸 처음부터 눈치채고 있었지만 명자가 정신 나가지 않는 한 나를 두고 배신하지 않을 거라고 나는 믿고 있었다. 그런데 할매 방에서도 한잔했는데 또 깔치 방에 술상이 있었다는 건 2차로 비밀리에 술장사를 해왔다는 거였다. 그리고 이 오밤중에 어디로 가고 없었다. 안 봐도 비디오였다. 입술이 파르르 떨렸다. 나는 밖으로 나와 담배를 피워 물고 사방을 둘러보았다. 멀리 포항 앞바다에 어선들의 불빛이 현란하게 반짝이고 있었다. 먹어야 살아남고 살아남아야 또 살 수 있는 생존경쟁의 불빛들이 눈에 들어왔다. 잡아먹으려는 어부와 잡히지 않으려는 물고기의 관계가 꼭 꼴통과 나 같다는 생각이 들었다. 깔치를 두고 혼자 도망갈 순 없었다. 길바닥에 널린 돌멩이들을 워커발로 툭툭 차면서 담배를 꺼내 물었다. 명자가 깡패 소굴에서 막장 생활을 하던 옛날 생각만 자꾸 떠올랐다. 명자는 낮에는 방직공장 일을 하고 밤에는 야간대학이라도 다닐 꿈을 안고 D도시에 있는 S그룹 방직공장에 들어가서 일을 했었다. 야간 근무교대를 하고 집으로 돌아가는 길에 깡패에게 붙잡혀 그들이 운영하는 요정에서 접대부생활을 하고 있다는 정보를 입수했다. 어떡하든 명자를 구출해야만 했다. 나는 아버지 몰래 어머니에게 돈을 왕창 뜯어내서 인사계에 돈을 찔러주고 졸병까지 붙여서 일주일 특별 외박을 얻었다. 나는 해병대 모자를 삐딱하게 눌러 쓰고 쌔무워커에 링을 차고 명자가 감금당해 있다는 D도시 요정으로 찾아갔다. 미리 매수해 놓았던 주방아줌마 사인이 떨어지면 가차 없이 기습공격으로 명자를 빼내야만 했다. D도시에서 내로라하는 깡패가 명자의 사생활에까지 깊이 개입되어 있었다. 그놈이 몸도 돈도 다 빼앗아간다는 주방아줌마 말은 거짓말이 아니었다. 명자는 꼼짝도 못하고 포위망에 걸려든 채 감옥 같은 생활을 하고 있었던 셈이다.

"하이고 참하고 똑똑하게 생긴 아가씨가 우째다 저래 붙잡혀가지고 생고생을 하는지 참말로 딱해 죽겠다 카이. 내가 이까짓 돈 때문에 이카는거는 아이다. 아가씨가 울매나 얌전하고 참한동 내 딸 같아서 내가 이러는기라."

주방아줌마는 정말로 딱한 표정으로 혀를 끌끌 찼다. 그리고 눈을 찡긋하며 20분 전에 그놈이 명자 방에 들어갔다는 정보를 내게 주었다. 명자는 2층 맨 끝 10번 방에서 먹고 자고 한다며 주방아줌마가 일러 주었다. 문 앞에 졸병을 보초 세우고 살금살금 기어갔다. 아줌마 말대로 10번 방에서는 깡패와 명자의 말소리가 조곤조곤 들려왔다. 나는 더 기다릴 것 없이 워커발로 미닫이 방문을 걷어찼다. 와장창 박살

나는 소리와 함께 문을 활짝 열어젖혔다. 깡패는 옷을 벗고 있었다. 나는 놈의 급소를 향해 워커발로 내질렀다. 땅딸막한 키에 눈알이 부리부리한 놈이 겁에 질려 납작 엎드렸다. 다시 한 번 가슴을 냅다 차버렸다. 놈의 얼굴이 험상궂게 변했다. 그러나 해병대 워커 앞에선 꼼짝마라 였다. 놈은 두 손으로 얼굴을 감싸고 방어 자세를 취했다. 한방 더 먹이고는 모가지를 구둣발로 콱 밟아버렸다.

"야, 이 버러지 같은 새끼야, 오늘은 내가 시간이 없어 그냥 가지만 육개월 뒤에 반드시 너를 때려죽이러 온다. 쪽바로 살아. 이 개새끼야."

명자는 브라자와 팬티를 주섬주섬 껴입으며 울먹였다. 명자의 완전나체는 처음 보았다. 그 모습을 보자 더 열이 뻗쳤다. 납작 엎드린 깡패새끼를 한 번 더 워커로 내리찍었다. 아예 병신을 만들어놓고 싶었지만 지금은 명자를 구출하는 것이 더 급선무였다.

"명자 너, 빨리 옷 입고 가방 챙겨 나와."

"알았어요, 오빠."

기습공격은 성공적이었다. 깡패란 놈을 결박해놓고 더 이상 딴 짓 못하게 경찰에 신고해버렸다. 명자를 빼내오고 나서 나는 긴 한숨을 내쉬었다. 갱에 갇힌 광부를 가까스로 꺼내온 기분이었다. 그런 위험한 깡패 소굴에서 명자를 구해주었다. 그 은공을 까맣게 잊어먹고 내가 없는 틈을 타서 나의 직속상관인 중위하고 딴 짓거리를 하고 있었다는 것에 나는 돌아버릴 것 같았다. 그러나 암담하고 분통만 터질 뿐 그 어떤 해결책도 떠오르지 않았다. 냉수를 벌컥벌컥 마셨다. 그래도 울분은 가시지 않았다. 바람에 나뭇잎만 이리저리 굴러다녔다. 옛날 생각이 났다. 토우 세력에 중도 우파이던 우리 집은 동서남북 삼십 리 안쪽으로는 모두가 다 우리 땅이라고 할 만큼 만석꾼 집안이었다. 명자 아버지는 우리 집 마름 겸 일꾼이었다. 내 왕고모네 끄나풀로 들어와 농사일과 시사 지내는 제례절차를 책임지던 사람이었다. 명자네 식구들은 바깥채에 살도록 마련해주었다. 명자 아버지는 내 아버지의 온갖 시중을 다 들어가며 비위를 맞추려고 굽실거리며 살았다. 어느 날 아버지가 명자 아버지에게 용바우 밭에 가서 도라지를 캐오라고 시켰다. 그런데 무엇 때문인지 늑장을 부리다가 이틀 뒤에 도라지 밭에 갔었다. 용바우에는 한 노인네가 밭을 갈고 있었다. 명자 아버지는 도라지를 캐고 있었다고 했다. 그런데 그때 갑자기 훈련용 제트비행기 한 대가 씨융 날아와 쾅 하고 추락하면서 밭을 갈고 있던 용바우 영감을 내리 찍었다. 비행기는 산산조각이 나고 노인네 팔 한 짝이 명자 아버지 발밑에 툭 하고 떨어지며 노인네는 그 자리에서 즉사했다. 그날 그 벼락같은 험한 꼴을 보고나서 명자 아버지는 이태를 넘기지 못하고 시름시름 앓다가 죽었다. 그 죽음을 놓고 동네 사람들은 팔자타령을 했다.

"하이고 이미 죽을 팔자였다카이. 비행기 조종사랑 용바우 영감태기랑 살이 끼어갖고 그런 사고가 난기라. 명자 아바이도 심부름을 이틀 전에 갔으믄 얼마든지 벼락을 피할 수 있었는데 하마 죽을 팔자로 귀신 씌어서 글케됐다아이가. 아무리 대명천지라 캐도 귀신 없다고 못한다카이."

사람들 말대로 도라지 심부름을 즉시 갔더라면 정말 험한 꼴을 보지 않았을지도 몰랐다. 아무튼 그런 일로 명자 아버지가 죽은 다음 두 모녀는 너무나 힘들게 살았다. 돈에 쪼들려 아버지 눈치를 보았지만 아버지는 본체만체했다. 아버지는 인정사정없는 사람이었다. 만석꾼 집안에서 태어나 호의호식 하면서 가난한 사람들에겐 지독하게도 인색했다. 우리 집 일만 하다가 죽은 명자 아버지를 봐서라도 가여운 두 모녀를 보살펴주었어야 했다. 그러나 보살펴주기는커녕 거들떠보지도 않았다. 사람들은 아버지를 수전노라고 흉을 보았다. 나는 어머니가 장에 간 틈을 타서 쌀을 훔쳐다가 명자네 쌀 단지에 슬그머니 부어주곤 했다. 아버지는 증조할아버지가 벼슬한 덕분에 고래등같은 기와집과 땅을 공다지로 물려받은 행운아였다. 명자네는 우리 집 문간채에서 살았다. 같은 강물에서 붕어와 피라미가 함께 살아가는 이치와 비슷했다. 아버지는 여자 접대부가 있는 곳에 들락거리면서도 불쌍한 명자네 모녀를 돌보지 않았다. 아버지가 색시 집 여자와 그렇고 그런 사이로 막 놀아난다는 소문이 퍼져나가면서 친구들까지도 내 아버지를 비아냥거렸다. 어느 날 색시 집에서 나오는 아버지를 내 눈으로 직접 보았다. 나는 아버지 자식이라는 게 싫었다. 나는 삐딱해지기 시작했다. 내가 꼴통 짓을 하자 어머니는 점을 보았다. 부자지간에 상극이라는 점괘가 나왔다. 그래서 그랬는지 나는 아버지가 시키는 일은 무엇이든 하기 싫었다. 결국 아버지도 나를 길바닥에 널린 돌멩이 취급했고 나는 아버지 그늘을 벗어나기 위해 고등학교 졸업하던 그해에 해병대 지원을 해버렸다. 입대 날짜만 기다리고 있을 당시 명자는 고2였다. 내가 곧 훈련소에 입대 한다는 걸 알고 있던 명자는 없는 살림에 배추 부침개와 막걸리를 받아놓고 송별식까지 차려주었다. 명자는 어머니가 예뻐서 그런지 시골아이 답지 않게 얼굴도 뽀얗고 정말로 예뻤

다. 게다가 머리는 맥주 색이었다. 꼭 인어공주 같았다. 하얀 얼굴에 별자리처럼 다닥다닥 붙은 여드름까지도 예쁘게만 보였다. 어떤 사람들은 만석꾼 집 대문으로 드나드는 명자를 보고 우리 어머니 딸인 줄로 착각하는 사람도 있었다. 명자 어머니는 몸이 약했지만 딸의 머리만큼은 양 갈래로 예쁘게 따주며 잘 챙겼다. 명자는 어릴 때부터 나를 잘 따르기도 했다. 사람들이 없을 때는 내게 오빠라고 은밀하게 불렀다. 그날 송별회를 마치고 나오자 명자가 따라 나왔다. 풀벌레들이 은밀한 대화로 사랑을 나누는 그야말로 깊어가는 가을밤이었다. 여고생 명자와 함께 밤길을 걷기는 처음이었다. 내 고조할아버지가 앞산 중턱에 지어놓은 정자 쪽을 향해 걸었다. 돌계단을 올라가는데 박자까지 척척 맞았다. 명자가 은근슬쩍 팔짱을 껴왔다. 기분이 좋았다. 명자에게서 좋은 냄새가 났다. 나중에 알았지만 그것은 여성의 성장기에 피어오르는 살 냄새였다. 그것은 지독하게도 성적 욕구를 자극했다. 그날 밤이 지나고 다음 날 아침이면 명자와 헤어져야했기에 애틋했다. 명자의 심장도 뛰고 있는 듯했다. 우리는 말이 없었지만 한 마음이었다. 나는 명자를 만지고 싶고 안고 싶었다. 정자 문 앞까지 걸어갔다. 고조할아버지가 서재로 쓰던 방문을 열고 들어갔다. 숨이 막힐 정도로 고요했다. 예정된 계획표처럼 나는 명자를 살며시 안았다. 명자가 움찔했다. 머쓱했다. 순박한 여고생의 심장 뛰는 소리가 들리는 듯했다. 다시 손목을 잡아끌었다. 어색하고 서툴렀지만 강제로 키스를 했다. 어색함이 더욱 짜릿했다. 명자는 저항하는 척 하다가 앙큼하게도 내 입술을 다 받아주었다. 꽤 오랜 시간이 흘렀다. 깊고 어두운 밤이 아이스크림처럼 녹아내렸다. 말은 하지 않았지만 도장을 찍은 기분이었다.

포옹을 풀자 명자가 아주 작은 소리로 말을 걸어왔다.

"오빠, 군대 가면 면회 가도 돼?"

"응, 당연하지."

명자는 내 가슴으로 파고들었다. 그녀의 몸이 뜨거워지고 있는 것이 느껴졌다. 내 몸은 이미 달아오를 대로 올라 있었다. 그 순간 시간이 멈춰버리는 것 같았다. 정자에서 우리는 누구의 방해도 받지 않고 둘 만의 달콤한 시간을 보냈다.

"명자야, 우리 나중에 결혼할까?"

명자는 한참을 생각하다가 어렵게 입을 열었다.

"사모님이 허락하시지 않으실 걸. 오빠는 하늘이고 나는 땅인데 어떻게 우리가 결혼을……."

그렇게 꿈같은 시간을 보내고 다음 날 나는 해병대에 입대했다. 명자는 진짜로 면회를 왔다. 명자를 요정에서 빼내어 고향에다가 고스란히 원대복귀 시켜놓았던 그해 겨울이었다. 명자는 더 성숙하고 멋진 숙녀가 되어서 면회를 왔다. 나는 만석꾼 집안의 백으로 보급병과를 얻어 물자 풍부한 창고병으로 근무하고 있었다. 내 애인이 면회 왔다는 소식을 직속상관인 보급관 중위가 먼저 듣고 위병소까지 달려가 할매 집에다 데려다놓았다. 나보다 중위가 더 싱글벙글이었다. 그는 나의 외박증까지 끊어서 할매집으로 데리고 가주었다. 우리는 하얗게 내린 눈길을 걸어서 내려갔다. 어떤 모습으로 왔기에 중위가 이 난리를 피우는지 나도 궁금했다. 명자는 성숙했지만 핼쑥하고 지쳐 보였다. 깡패에게 붙잡혀 고생했던 상처의 후유증 때문인지도 몰랐다. 대학의 꿈도 사라지고 바람에 날리는 민들레 씨앗처럼 안착 할 곳을 찾아다니다가 그 옛날 정자에서의 일을 기억하고 무작정 내게로 왔을지도 몰랐다. 그녀의 눈물을 닦아주는 건 이제 내 몫이었다. 그녀는 나무꾼에게 옷을 빼앗길 줄도 모르고 무심코 하늘에서 내려온 선녀 같았다. 면회를 와준 게 고마웠다. 일주일이 아니라 한 달이라도 숙박비 책임져 줄 테니까 이참에 콱 눌러 앉히라고 중위가 열을 올리며 말했다. 사건은 그날 저녁에 시작되었다. 그날 눈이 와서 꼼짝 할 수 없으니 술이나 한잔 하고 가겠다던 중위는 나와 명자 옆에서 밤새 술을 퍼마셨다. 처음엔 사람이 술을 마셨으나 점점 술이 술을 마시다가 끝내는 술이 사람을 마셨다. 술이 떡이 되어서 한방에서 쓰러져 자고 말았다. 술기운에 중위가 옆에서 자고 있었는데도 나는 명자를 끌어안고 한번 하자고 치근덕거렸다. 팬티까지 다 벗겨놓고도 중위 때문에 헛물만 켜다가 말았다. 다음날도 주책없이 중위가 끼였다. 도저히 이대로는 안 될 것 같아 따로 불러 말했다. 그제서야 중위는 못이기는 척 피해주었다. 둘만 남은 우리는 교과서에도 나오지 않는 섹스를 끝도 없이 했다. 임시였지만 할매집 방도 계약했다. 나는 일요일마다 내려가기로 하고 명자를 짱박아 놓았다. 할매가 하는 술장사도 거들어주면서 내 곁에 있어주는 것도 괜찮을 것 같았다. 그런데 내가 너무 쉽게 생각했다. 시간이 갈수록 왠지 명자가 내 품에서 자꾸 떠나가고 있다는 느낌이 들었다. 손님이 와도 술시중만큼은 그만두라고 했으나 할매 손이 굼떠 손님이 오면 명자가 가만히 앉아있을 수만은 없었다. 몹시 거슬렸지만 딱히 다른 대안이 없었다. 그 일로 극도로 날카로워져있을 때 꼴통과 맞붙게 되는 사고를 저질렀다. 술상을 치우지도 못할 만큼 급한 일이 대체 뭐였을까? 정말 기분이 더러웠다.

바닷가 모래 위를 걸었다. 꼴통과 깔치의 일이 뒤죽박죽되어 머릿속이 엉망이었다. 황해병이 꼴통을 의무대로 잘 끌고 갔는지. 혹시 죽지는 않았는지. 내일 아침 나는 헌병대에 붙잡혀 갈 것이다. 헌병대에 붙잡혀 간 소식은 명자도 알게 될 것이다. 그나저나 그 흰 새벽에 명자는 어디로 갔던 것일까? 그 생각을 하자 다시 부아가 끓어올랐다. 명자가 중위 앞에서 다리를 Y자로 벌리고 있었을 것 같은 그림이 자꾸만 떠올랐다. 중위도 가끔 내 창고에서 식품재료들을 가져갔다. 만일 식량과 식품 재고부족으로 영창을 가게 된다면 혼자 당하고 있지만은 않을 생각이었다. 나는 식량과 식품들을 빼앗길 때마다 일지에 꼬박 꼬박 적어놓았다.

나는 어쩔 수 없이 어젯밤 타고 넘어왔던 철조망을 다시 역순으로 타고 넘어갔다. 아니나 다를까 헌병대 차가 창고 앞에서 기다리고 있었다. 내 손에 수갑이 채워지고 나는 개 끌리듯 끌려갔다. 헌병대 이 중사가 취조실에서 기다리고 있었다. 쌀과 부식을 가장 많이 빼앗아 갔던 헌병대 이 중사였다. 그는 시침을 뚝 떼고 나를 족칠 계산만 하고 있었다. 그런 그를 보자 이가 갈렸다.

"어, 강해병이 어떻게 여길 다 왔어, 무슨 사고를 이렇게 크게 치셨나?"

그의 비아냥에 나는 아무 말도 하지 않았다. 죽이든 감방을 보내든 맘대로 하라는 식으로 묵비권 행세를 했다. 내가 배짱 있게 나가자 그도 구린 데가 있어 그랬는지 평소와 다르게 조금 수그러들었다. 그러다가 내 엉덩이에 피가 낭자한 것을 보았다. 곧바로 헌병감시병을 딸려 의무실로 보내졌다. 갔더니 꼴통도 이미 거기에 와 있었다. 죽지는 않았던 모양이다. 치료는 3주도 넘게 걸렸다. 치료하는 중에도 이 중사는 매일 찾아와 사건경위에 대하여 심문조사를 했다. 나는 높은 놈들이 부식을 털어갈 때마다 적어놓은 일지를 보여주었다. 조사를 맡은 이 중사 역시도 일지에서 예외가 아니었다. 이 중사는 자신이 가져간 쌀과 부식과 하물며 양말까지 기록되어 있는 것을 보고는 눈살을 찌푸렸다. 나는 모른 척 했다. 그리고 총이 녹슬었다며 기합 받는 과정에서 상급자 폭행을 했다고 군사재판에서 나는 솔직히 진술했다. 대질심문도 끝났다. 그 사건으로 꼴통에겐 2개월 내겐 3개월이 떨어졌다.

명자가 면회를 왔다. 만나면 할 말이 많을 줄 알았는데 아무 말도 떠오르지 않았다. 머릿속이 텅 비어버린 느낌이었다. 옛날엔 명자가 요정에 갇혀 있었고, 지금은 내가 영창에 갇혀 있다. 그때는 내가 명자를 찾아갔지만 지금은 명자가 나를 찾아왔다. 아이러니였다. 정말로 쪽팔렸다. 왠지 명자와의 인연도 여기에서 끝인 듯싶었다. 내가 쳐다보기만 하고 아무 말도 하지 않자 명자가 손등으로 눈물을 찍어내면서 입을 열었다.

"오빠, 사모님한테 연락할까?"

"하지 마라."

그러고도 한참동안 말이 없었다. 그날 밤 그녀가 사라졌던 일만 자꾸 떠올랐다. 쿨한 척 넘어가려 해도 년 놈이 붙어먹었을 상상만 하면 때려죽이고 싶었다. 나는 기어이 그날 일을 물어보고 말았다.

"너, 그날 밤 누구랑 어디서 뭘 했는지 솔직하게 말해봐라?"

명자는 고개를 푹 숙이고 아무 말도 하지 않았다.

"빨리 말해!"

내가 구멍 뚫린 유리창을 손으로 쾅 내리치며 윽박질렀다.

"오빠가 나오면 다 말할게. 지금은 말할 수 없어."

명자는 쉽게 입을 열 것 같지 않았다. 유리벽만 없으면 쥐 패서라도 말하게 하겠는데 그럴 수 없는 내 꼴이 더 미칠 지경이었다.

"됐다. 그만 가봐라."

나는 더 이상 그녀의 낯짝을 보기 싫어 냉정하게 쏘아붙였다.

"오빠, 조금만 기다려. 내가 무슨 짓을 해서라도 꼭 빼내 줄께."

그리고 그녀는 돌아섰다. 그녀가 막상 돌아서자 섭섭한 마음이 들었다. 그녀가 무슨 힘이 있어 나를 빼내줄 것인가? 무슨 짓을 해서라도 빼내준다면 그 무슨 짓은 뻔한 것 아닌가? 그런데 그 무슨 짓이라는 것이 과연 나를 위한 것이기는 할까?

많은 물음표를 남겨 놓고 그녀는 또각거리는 구둣발 소리를 내며 내게서 멀어져 갔다. 나는 쌔무워커를 내려다보았다. 명자의 앳된 얼굴이 구두 발 끝에 걸려있었다.

서예와
문인화

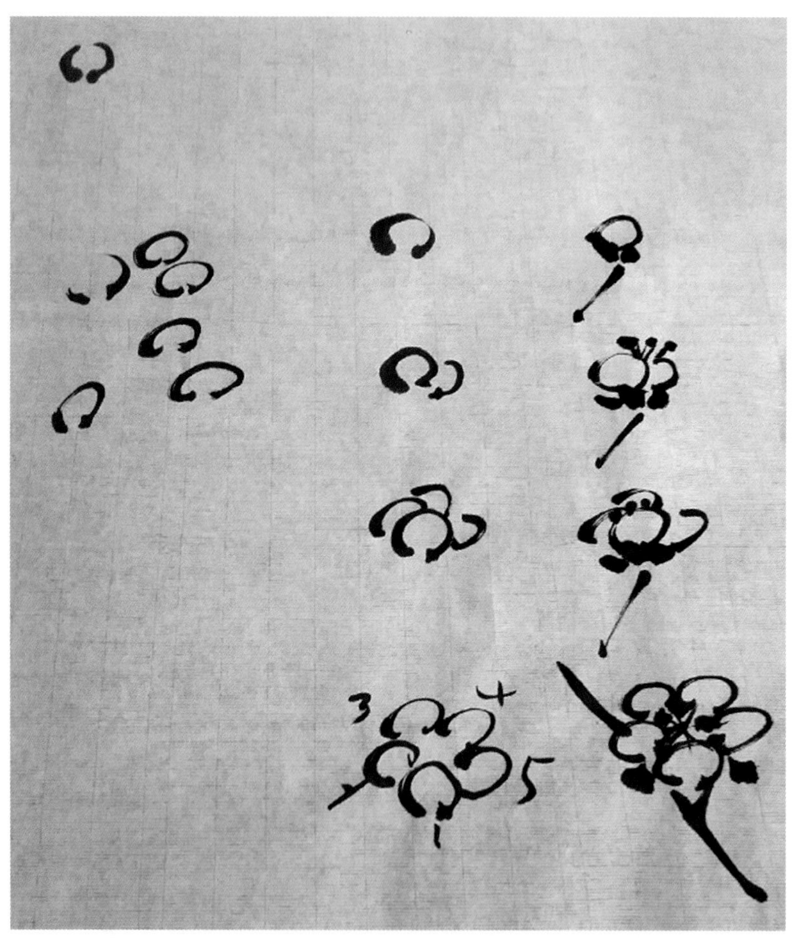
3
4
5
1

매화향기에취하고
싶네 김웅기

소나무잎이무성하니향기도
그윽하구나 김응기

솔향기 그윽하고 싱그럽네
김웅기

마하반야바라밀다심경

관자재보살행심반야바라밀
다시조견오온개공도일체고
액사리자색불이공공불이색
색즉시공공즉시색수상행식
역부여시사리자시제법공상
불생불멸불구부정부증불감
시고공중무색무수상행식무
안이비설신의무색성향미촉
법무안계내지무의식계무무
명역무무명진내지무노사역
무노사진무고집멸도무지역
무득이무소득고보리살타의
반야바라밀다고심무가애무
가애고무유공포원리전도몽
상구경열반삼세제불의반야
바라밀다고득아뇩다라삼막
삼보리고지반야바라밀다시
대신주시대명주시무상주시
무등등주능제일체고진실불
허고설반야바라밀다주즉설
주왈아제아제바라아제바라
승아제모지사바하소원성취

유자가말하였다그사람됨이효제스러우면서윗사람을범하기
를좋아하는자는드무니윗사람을범하기를좋아하지않고서난
을일으키기를좋아하는자는있지않다군자는근본을힘쓰니근
본이서면길이생겨난다효와제는사람으로서인을행하는근본
일것이다

본립도생 기암김응기

사람이한생각만이라도사욕을탐하면곧강직함이녹아유약해
지고지혜가막혀어두워지며은혜로운마음이변하여가혹해지
고깨끗함이물들어더러워지며한평생의인품을무너뜨린다
그러므로옛사람들은탐내지않은것을보배로삼았으니이런것
이한세상을초월하는방법이다

하늘은일성신의주인이요땅은초목산천의주인이요사람은이적과금수의주인이니주인이난폭하게한면주인된도리를못하는것이다이런까닭에성인은하나로보아똑같이사랑하고가까운것을돈독히하면서도먼드는것이다

무술년가을기암김웅기

한송이국화꽃을피우기위해봄부터소쩍새는그렇게
울었나보다한송이국화꽃을피우기위해천둥은먹구
름속에서또그렇게울었나보다그립고아쉬움에가슴
조이던머언먼젊음의뒤안길에서인제는돌아와거울
앞에선내누님같이생긴꽃이여노오란네꽃잎이피려
고간밤엔무서리가저리고내게는잠도오지않았나보
다

서정주 국화옆에서 기앙 김웅기

해가지려하는데나는외로운소나무를어루만지며서성이고있다돌아왔노라세상과
사귀지않고속세와단절된생활을하겠다세상과나는서로인연을끊었으니다시벼슬
에올라무엇을구할것이있겠는가친척들과정담을나누며즐거워하고거문고를타고
책을읽으며시름을달래련다농부가내게찾아와봄이왔다고일러주니앞으로는서쪽
밭에나가밭을갈련다혹은장식한수레를부르고혹은한척의배를저어깊은골짜기의
시냇물을찾아가고험한산을넘어언덕을지나가리라나무들은즐거운듯생기있게자
라고샘물은졸졸솟아흐른다만물이때를얻어즐거워하는것을부러워하며나의생이
머지않았음을느끼다아인제모든것이끝이로다이몸이세상에남아있을날이그얼마
이리어찌마음을대자연의섭리에맡기지않으며이제새삼초조하고황망스런마음으
로무엇을욕심을낼것인가돈도지위도바라지않고죽어신선이사는나라에태어날것도
기대하지않는다좋은때라생각되면혼자거닐고때로는지팡이세워놓고김을메기도
한다동쪽언덕에올라조용히읊조리고맑은시냇가에서시를짓는다잠시조화의수레
를탔다가이생명다하는대로돌아가니주어진천명을즐길뿐무엇을의심하고망설이
랴

귀거래사

자 돌아가자 고향 전원이 황폐해지려 하는데 어찌 돌아가지 않겠는가 지금까지는 고귀한 정신을 육신의 노예로 만들어 버렸다 어찌 슬퍼하여 서러워만 할 것인가 이미 지난 일은 탓해야 소용없음을 깨달았다 앞으로 바른 길을 좇는 것이 옳다는 것을 깨달았다 내가 인생길 잘못 들어 헤맨 것은 사실이나 아직은 그리 멀지 않았다 이제는 깨달아 바른 길을 찾았고 지난날의 벼슬살이가 그릇된 것이었음을 알았다 배는 흔들흔들 가볍게 흔들리고 길손에게 고향이 예서 얼마나 머냐 물어보며 새벽빛이 희미한 것을 한스러워 한다 마침내 저 멀리 우리 집 대문과 처마가 보이자 기뻔 마음에 급히 뛰어갔다 머슴아이 길에 나와 나를 반기고 어린것들의 대문에서 손 흔들어 나를 맞는다 뜰 안의 세 갈래 작은 길에는 잡초가 무성하지만 소나무와 국화는 아직도 꿋꿋하다 어린놈 손잡고 방에 들어오니 언제 빚었는지 항아리엔 향기로운 술이 가득 술단지 끌어당겨 나 스스로 잔에 따라 마시며 뜰의 나뭇가지 바라보며 웃음 짓는다 남쪽 창가에 기대어 마냥 의기양양해 하니 무릎 하나 들일 만한 작은 집이지만 이 얼마나 편한가 날마다 동산을 거닐며 즐거운 마음으로 바라본다 문이야 달아놓았지만 찾아오는 이 없어 항상 닫혀 있다 지팡이에 늙은 몸 의지하머 발길 맞는 대로 쉬다가 때때로 머리 들어 먼 하늘을 바라본다 구름은 무심히 산골짜기를 돌아 나오고 날기에 지친 새들은 둥지로 돌아올 줄 안다 저녁빛이 어두워지며 서산에 자돌아가자고향전원이황폐해지려하는데어찌돌아가지않겠는가지금까지는고귀한정신을육신의노예로만들어버렸다어찌슬퍼하여서러워만할것인가이미지난일은탓해야소용없음을깨달았다앞으로바른길을좇는것이옳다는것을깨달았다내가인생길을잘못들어헤맨것은사실이나아직은그리멀지않았다이제는깨달아바른길을찾았고지난날의벼슬살이가그릇된것이었음을알았다배는흔들흔들기볍게흔들리고아인제모든것이끝이로다이몸이세상에남아있을날이그얼마이리이제새삼초조하고황망스런마음으로무엇을옥심낼것인가돈도지위도바라지않고죽어신선이사는나라에태어날것도기대하지않는다좋은때라생각되면혼자거닐고때로는지팡이세워놓고김을매기도한다동쪽언덕에올라조용히읊조리고맑은시냇가에서시를짓는다잠시조화의수레를탔다가이생명다하는대로돌아가니주어진천명을즐길뿐무엇을의심하고망설이랴

도연명의 귀거래사 기암 김웅기